Cemitério dos pássaros

Adelino Timóteo

Cemitério dos pássaros

kapulana

São Paulo
2019

Copyright©2018 Editora Kapulana Ltda.
Copyright do texto©2018 Adelino Timóteo

A editora optou por adaptar o texto para a grafia da língua portuguesa de expressão brasileira conforme o Acordo Ortográfico da Língua Portuguesa, decreto n° 6.583, de 29 de setembro de 2008.

Direção editorial: Rosana M. Weg
Projeto gráfico: Daniela Miwa Taira
Capa: Daniela Miwa Taira e Isabella Siqueira Broggio

Dados Internacionais de Catalogação na Publicação (CIP)
(Câmara Brasileira do Livro, SP, Brasil)

Timóteo, Adelino
 Cemitério dos pássaros/ Adelino Timóteo. -- São Paulo: Kapulana, 2019. -- (Vozes da África)

ISBN 978-85-68846-50-6

1. Ficção moçambicana (Português) 2. Literatura africana I. Título. II. Série.

19-26154 CDD-M869.3

Índices para catálogo sistemático:
1. Ficção: Literatura moçambicana em português   M869.3

Maria Alice Ferreira - Bibliotecária - CRB-8/7964

2019

Reprodução proibida (Lei 9.610/98).
Todos os direitos desta edição reservados à Editora Kapulana Ltda.
Rua Henrique Schaumann, 414, 3° andar,
CEP 05413-010, São Paulo, SP, Brasil.
editora@kapulana.com.br –www.kapulana.com.br

APRESENTAÇÃO 07
CEMITÉRIO DOS PÁSSAROS 09
VIDA E OBRA DO AUTOR 136

Apresentação

ADELINO TIMÓTEO, moçambicano, é escritor, jornalista e artista plástico. Publicou seu primeiro livro, *Os segredos da arte de amar*, em 1999, ano que também recebeu um prêmio com uma crônica jornalística. Sua obra é extensa e o escritor tem lançado livros anualmente.

Em 2018, a Kapulana introduziu no Brasil a obra de Adelino Timóteo com o lançamento do livro *Na aldeia dos crocodilos*. Esse livro infantil é parte de uma série de *Contos de Moçambique*, em que histórias da tradição oral do país são recontadas por renomados escritores.

Agora, em 2019, a Kapulana publica no Brasil uma obra de ficção para adultos de Adelino Timóteo, *Cemitério dos pássaros*, romance inédito, com tons de literatura fantástica que, com certeza, surpreenderá agradavelmente o leitor brasileiro.

São Paulo, 4 de março de 2019.

1

Dazanana de Araújo Simplíssimo vivia uma estranha sensação de que estava morto. Durante muitos anos cultivava em demasia a crença de que a sua vida era a morte. Que depois de mortos, todos os membros da sua família reencarnariam os pássaros. Alguma coisa o fazia acreditar nisso, com uma fé religiosa.

Ninguém sabia donde vinha semelhante convicção, mas há muitos anos que Dazanana vivia obcecado com essa ideia, que ainda assim o levara a medir forças. Trabalhava. Aquela sensação o levara a construir um cemitério do tamanho de uma cidade. O velho rico gastara toda a sua fortuna a construir aquela prodigiosa infraestrutura, semelhante a uma cávea.

– O que faz o Dazanana? – as pessoas perguntavam-se umas às outras, sem deixarem de olhar para o homem de olhos arredondados e de testa proeminente.

– É um cemitério.

– Quem morará nele?

– Coisas de Dazanana ninguém sabe nunca o porquê nem o para quê – gracejavam-se dele.

Aquele colosso de obra só poderia ser obra de um louco. Em nada parecia a um cemitério comum. Dazanana não ligava nenhuma às más-línguas. Arquiteto em causa própria, dava vazão ao que tinha desenhado na planta: viveiro de plantas e relvados, sepulturas iguais aos ossários, jazigos, alinhadas como armários. Por fora o marco com a inscrição do nome do ocupante. Arrolara com minúcia todos os nomes dos parentes. Cada parente o nome de um pássaro. Como por decreto, a ideia não previa exclusão. A princípio ninguém sabia desse secreto plano.

No imaginário de Dazanana, a existência humana era obra de puro acaso. Começava depois da morte. Se alguns acreditavam na possibilidade de o ser humano reencarnar em répteis, árvores frondosas, em qualquer mato, na sua alma havia uma explicação. Cada homem era um pássaro. Cada parente no seu devido lugar. Dazanana dizia que tinha visões, ao que se imputava tratar-se de um espírito maligno. Aquilo não era um mero acaso para alguém que possuía olhos arredondados, que exprimiam sensibilidade. Conhecia a ciência dos pássaros e defendia com unhas e garras a sua tese.

A vida de rico torna-se tediosa quando não há invenção que supere a imaginação. Assim pensavam os demais, enquanto o genial construtor dava corpo à ideia. Parecia mais uma questão autobiográfica do que de foro psíquico. Levara anos a fazer tudo em silêncio. De um lugar incógnito ao cemitério levava imensa palha, ninhos, penas e dejetos de mandarins, canários, verdelhões, pardais e pintassilgos. E, no fim, lá estava o Dazanana. Olhar inteligente. Velho. Cara amarrada. Ar de poucos amigos. Caquético e cadavérico. A cair aos bocados, nunca tinha sido introvertido. Tinha enterrado todos os parentes. Nenhum sobrara. Escolhera para si uma sepultura. Para lá estar alguém teria que lhe fazer o funeral. Alguém teria que lhe fazer o enterro.

* * *

Depois de uma semana de persistência, Dazanana enterrara em segredo o seu neto único, naquele cemitério particular. Já não tinha forças para sair do cemitério. O derradeiro enterro soara a um verdadeiro pugilato entre um sobrevivo e um morto. Uma batalha campal. Por um lado, ele insistia em colocar o morto no enterro que lhe estava destinado, por outro era o morto que o tentava aplastar do mundo dos viventes. Puxa-que-puxa. "Entra-para-cá"; "Não quero". "Mete-te nos mortos"; "Não posso". Tinha sido o diálogo. Ele a repelir selvaticamente as insistências do morto, com a sua mão canhota. Valeu-lhe a persistência, depois de tanto lutar com o morto, de quem recebeu tabefes e protestos.

— Avô, que velho és tu que enterras todo o clã?
— Neto, cada homem tem a sua sina: a tua era de morrer primeiro do que eu. A minha, a de te enterrar – respondeu o velho Dazanana enquanto o morto insistia num braço de ferro com ele: "sobe-que-sobe", "cá resto eu, partes tu". O velho, encolhendo os ombros – Na lua está escrito: por mais que resistas, acabarei por ser eu a enterrar-te.
Foi o que aconteceu. Depois de tamanha disputa, para Dazanana nada sobrara. O morto foi com as suas últimas forças. Ele ficou prostrado no chão, a sofrer de lacerações e escoriações na cabeça. Agônico. A tentar recobrar as forças. Sem o conseguir. Aliás, a última força permitira-lhe fechar a gaveta a cimento e escrever o nome do falecido no marco: Pintainho.
Não sucumbiu graças ao Pita Kufa. Este, um mendigo, vivia de caridade do velho, também reconhecido pela sua vocação filantrópica. Kufa reconheceu um vulto parecido com um montículo de lenha. Muito escura. Assomou-se. Era Dazanana. O rosto encovado. Totalmente desidratado e com coágulos de sangue. Retratou-se, sem deixar nunca de olhar para o buraco que restava. Pareceu resignado:
— Estou pronto a partir.
— Para onde, velho?
— Para outro lado de lá onde está a minha Pintassilgo.
— ... A Pintassilgo?
— Sim, a minha mulher, leva o apelido de um pássaro. Ela morreu faz vinte anos. Tenho setenta anos. Enterrei todo o meu clã. Agora estou pronto a partir ao encontro da Pintassilgo.
— Não podes ir, velho. Se fores, quem é que me dará esmolas?
Dazanana levava sempre consigo um saquinho com dinheiro. Como não tivesse forças, olhou-o como que a chamar a atenção do rapaz, que, baixando sobre a cintura, o tomou.
— Eu agradeço-te, velho!
— Agradecer-me é ajudar-me a subir para aquela sepultura.
— Velho, não posso enterrar-te vivo e muito menos neste

cemitério de pássaros – refutou Kufa, depois de depreender que todos os depósitos levavam nomes de aves e galináceos.
— A única forma de pôr asas a quem não as tem é ajudá-lo a subir e pousá-lo onde se lhe pede.
— Não posso, velho...
— Está a ver como me acabei? Estou magriço. O meu rosto encovado deixa-me o bico saliente. E por isso, acredito que me empassarinhei. A única coisa que me falta é pôr-me no ninho do meu enterro.
— É convicção sua, velho. Mas tu és ainda um ser vivo. Come esse pão e bebe dessa água – o rapaz estendeu uma côdea de pão e um cantil de água que levava sempre consigo. Ao que o velho anuiu. Depois de consumir ambas as coisas, o velho ganhou forças. De súbito, perpassou no rapaz algo, uma ilusão que levara Dazanana a ganhar penas e patas semelhantes às dos pássaros.
— Velho, estás mesmo a empassarinhar.
— Estou quase a avoaçar. Se não me põe na minha sepultura ainda se arrependerá.
— Não te posso pôr na sepultura sem dizeres quem exatamente sou neste cemitério dos pássaros.
— Vai, você é o coveiro.
— Eu aceito ser o teu coveiro. Mas para ser o teu coveiro, velho, tens que me contar a história toda desse cemitério dos pássaros.
— Os pobres, quando devem ajudar, reclamam novos pedidos, novas emergências. Não me chame nunca mais velho nem Dazanana. Doravante meu nome é Papagaio. Nesta pequena saca de couro tem ordenados para viver à grande e a francesa por milhões de anos. Você vai mas é cuidar deste patrimônio que aqui está: os jazigos, as capelas, os jardins, pomares e mausoléus.

2

De agora em diante, a voz que fala não é a do Dazanana. É a do Papagaio.

Papagaio tomou o Kufa pela mão e, com os passos de uma ave, arrastou-o. Vai revelando-o dos mistérios da sua obra-prima: o cemitério dos pássaros. Fica localizado em uma colina. No vale passa um rio. A área é um dos lugares mais belos do mundo, de uma maravilhosa vista. Há uma rocha com pegadas de dois pés. Crê-se que Deus a marcara para transmitir a exuberância do local. Por isso a cobiça do ser humano não a deixava indiferente para receber turistas. O lugar seria de ambição e disputa de qualquer candidato a morto, não fosse o fato incontornável e indesmentível da existência de um último enterro, o do Papagaio. O sol é forte e escaldante, por isso o Kufa, que vai a transpirar, não tem tempo para afastar com os dedos o suor que lhe corre dentro do blusão que usa. O blusão é mais uma oferta caridosa dos nórdicos. Dos vikings. Levantado o índice da sua mão canhota, disse:

– Kufa, comecemos por aqui. Esta é a morada do meu bisavô. O patriarca dos Simplíssimos. Antes de o meu pai tornar-se um pássaro, antes de os meus tios paternos e maternos tornarem-se pássaros, havia esta figura tutelar, em cuja sombra nascemos e crescemos muitos de nós os descendentes em linha reta ou colateral.

O candidato a coveiro ouvia-o sem pestanejar.

– O patriarca dos Simplíssimos, a quem exumei no Cemitério de uma pequena cabana, na nova vida ganhou um novo nome e categoria social. Ascendido a pássaro não hesitei a chamá-lo Mandarim, mas ainda assim tem outras identidades paralelas, múltiplas vidas.

Kufa riu com um certo sarcasmo cínico, mas pela pronúncia utilizada por Papagaio, que pareceu silabar assim: manda-rim.

Ele que nunca teve chefia detestava subordinações. Por isso, ficou a pensar cá consigo: coveiro sim, mas sem que o Dazanana tivesse a convicção de que ele haveria de cumprir rasgos, cumprir mandamentos. Não gostava de deferências superiores, daí ter preferido aquela opção limite de vida, ao Deus dará.

– Miúdo, de que se está a rir? Quando um papagaio fala o homem baixa os ouvidos.

– Eu não me rio de nada. Estou aqui para te ouvir.

– É uma ilusão. Está aqui para cumprir o meu mando. Quando eu lhe disser enterre-me, você já sabe onde me colocar, se até lá não me crescerem asas.

– Pois bem, continua com as tuas papagueações.

– O Mandarim tinha úberes terras vastas. Era um criador de bovinos e caprinos. Acasalou-se com uma fêmea, depois de reencarnar. É linda. Tem um bico laranja.

– Mas eu não vejo nenhuma fêmea, nem macho dos Mandarins.

– Onde você já viu um jovem coveiro conhecer os percursores do enterro? Um jovem coveiro apenas registra a história que lhe contam e depois a vão transmitindo por coveiro sucessivos, assim por diante, pelas gerações e gerações.

– Compreendo. Um coveiro só tem que ficar de bico calado! – afirmou, não sem antes escarrar para o coveiro, em claro desprezo.

Papagaio ganhava aborrecimentos com o jovem coveiro. Tinha muitas visões e não queria perturbações ao fio da meada. Não aceitava que aquele que comia da sua mão o fizesse perder discernimento.

– O meu bisavô é marrom-escuro, parecido a um mouro. A sua primeira vida foi trágica. Matou-se, depois de encontrar a fêmea em flagrante delito com um homem, um amigo, que afinal era seu rival. Depois da sua morte, ainda perdoou a mulher.

– E como você sabe que ele perdoou a mulher?

– Um adivinho contou-me. Pediu-lhe que me dissesse o desfecho da trágica vida amorosa do meu bisavô. Ele contou-me que o velho, de bom coração, a perdoou. Por isso, os recolhi e aqui estão os dois num amor feliz.

— Quem trai uma vez trairá sempre. E o teu bisavô voltou a confiar nela?

— O meu bisavô, quando a voltou a ver, ela estava intacta, para não dizer selada, como ele a deixara.

— E o que os dois fazem agora lá na tumba?

— O Mandarim arrancou-lhe todas as penas. Sabe, as Mandarinas são lindas, mas quando desprovidas de penas, são mesmo uma verdadeira pena. Não podem chamar atenção a nenhum pássaro que seja.

— Compreendo. O sossego de um homem está em uma mulher sem asas nem penas.

— E vice-versa. Tens que me enterrar antes que as penas me cubram os braços.

— Prometo enterrar-te, desde que não me mintas, desde que não te deixes cobrir rapidamente com asas e penas.

— Nunca se censura as penas: são como os cabelos, só não crescem quando o couro cabeludo seca.

— E quem é que fez o ninho, se os dois não saem do sepulcro onde os colocaste?

— Pássaros são pássaros! Nunca se sabe quando nascem e quando morrem, ou mesmo quando ressuscitam. O certo é que reencarnados os pássaros são viciosos: amam mesmo depois da morte — Dazanana voltou a escarrar no chão, como sempre faz quando o contrariam. Um mau costume que diz ele ter herdado do patriarca da família.

— É por isso que queres reencontrar-te com a tua falecida mulher?

— Arre! Nunca conto coisas pessoais minhas! Você acompanhe-me e tire as suas próprias conclusões.

— É verdade que tu, para te chamares Papagaio, já estás na outra vida.

— Estou assim-assim: metade-metade; com um pé na vida, outro na morte.

* * *

Um morto morre mesmo depois de morrer. Depois de morrer pode ressuscitar, para, não raras exceções, morrer de seguida. Isso explicou o Dazanana ao Kufa, que perguntou àquele sobre a identidade de algumas penas de aves que se achavam esparsas pelo chão, algo como comida e migalhas de sobra da refeição de alguém.

– Esses são uns canários – disse o velho depois de analisar as patas e os corpos comidos.

– Faz sentido que se ache um pássaro comido depois de morto?

– É para isso que existe a palavra; sem a palavra morte o morto nunca existiria.

– E o cemitério existe pelas mesmas razões.

– O cemitério é como um quarto de dormir, apenas reservado aos segredos dos mortos. De dia eles descansam, à noite desatam a passear.

– E o mundo?

– O mundo é uma voadeira dos vivos. Os vivos são como pavões que precisam de uma voadeira muito emersa; os mortos não. Em parte são conformadíssimos como um pequeno jazigo.

– E por que é assim?

– Vê o caixão: Assim é porque o ser humano dispõe de um corpo que não precisa de muito espaço para ocupar.

– Ó velho Dazanana, ainda não me disseste quem são esses esfrangalhados canários.

– É a última vez! – escarrou. – Nunca me chame por um nome que me pertenceu no mundo dos vivos. Esses canários são meus avôs. Eles é que nasceram meus pais. Eram ricos.

– Já conheço a vida de trinta ou mais membros da tua família, conta-me agora a vida desses canários.

– Estes canários marcam uma viragem na minha vida. A minha vida antes era pó, era um grão de areia. Estes canários desabortaram para me dar nascimento. Os canários têm um grande coração, vivem no sonho de encontrar o amor. Vivem no sonho de encontrar um e outro. E sempre que um sai à busca do outro há um rato que precipita a corrida, degolando-o à sua tristeza.

– Os canários são persistentes... Têm muitas identidades.

– Sou como o meu avô! Os canários são mitológicos; não param no tempo. Individualistas criaturas engravidam mesmo quando se crê que não têm vida.

– Fala-me dos canários que são os teus pais. Ou seja, a tua mãe e o teu pai.

– O meu pai herdou todo o gado caprino e bovino do Mandarim. Talvez por causa do seu avô, sempre foi verdadeiramente um Mandarim. Quer dizer, viveu a vida mandando em toda a família, mandando nos seus quinze irmãos. Era um sovina. Não soltava um único escudo. Parece-me que mantém esse defeito. Passava o tempo a beber desalmadamente. Não tomava recado das responsabilidades. Por isso, viveu tão pendente de contato com as meretrizes, mulheres da vida, alcoviteiras, que lhe deram um sem número de filhos. Talvez quatrocentos. Sonhara ser rei de qualquer coisa. Em casa tinha uma cadeira dourada que ele, iludido, considerava o trono. Passava horas sentado no trono, como que para sentir o paladar do poder. Era severo com aquele que o desafiasse a sentar em seu lugar. Dizem que morreu sifilítico e de uma diarreia que lhe chupava o corpo, deixando-o como um tísico.

– Já percebi que os teus parentes oscilam entre a vida e a morte. E a tua mãe aceitava isso?

– Uma mulher o que faz a um machão?

– Preservar a paciência para o manter detido nas suas garras.

– Nada disso! Cobrar-lhe contas, e sempre de facão em punho.

– Compreendo.

– Na verdade foram e são um bom casal.

– Que significa bom casal?

– Estavam e estão de acordo com as tarefas que se lhes impõem: na cama os dois eram um só, nas tarefas da lida de casa a minha mãe era só: sempre a dar-lhe filhotes. Ao todo, a minha mãe deu dez filhos. Vivem aqui no Cemitério dos pássaros, porque eu os chamei.

— Mas o Dazanana quem é para chamar vivos para o mundo dos mortos e vice-versa?

— Já lhe disse: sou Papagaio. Desde que senti perder a outra vida, o meu nome verdadeiro tornou-se estranho. Eu comecei a chamar os vivos para aqui porque fiz deste cemitério um lugar autossuficiente. Aqui abunda a fartura. De comida nem falo. Tenho adegas de vinho de embriagar o céu e a terra e de nunca acabar.

3

Dazanana acredita que a sua engenhosa ideia de reunir os mortos no cemitério dos pássaros torna-os seres sociais. Esta convicção remonta ao fato de nunca se ter ouvido nenhuma algazarra desde aquela colina. Nenhum dos pássaros que forma aquele mundo se foi queixar ainda ao coveiro. O que é bem inverso do que acontece no mundo dos vivos, onde estes se apanicam entre si, sem causa aparente. É o conveniente da verossimilitude de ser pássaro, na morte como na vida. À semelhança da família verdelhão, nome esse que toma também o núcleo dos Papagaios.

A vida dos verdelhões era levíssima, que nunca se sentiu alguma vez onde lhes doesse.

À medida que o tempo passa, a voz do verdelhão torna-se leve, que quase desaparece na garganta. Kufa não o pode ouvir perfeitamente, daí insistir que ele repita algumas das suas alocuções.

– Dazanana, não te ouço a voz. A tua voz já não se desloca da garganta.

– Eu sei. Você quer dizer que eu já estou no meu enterro. Raio de miúdo, não respeita quem já nasce penas entre os berlindes! – escarrou. Uma saliva grossa e malcheirosa.

– Não é isso. Eu quero dizer que a ressonância da tua voz parece namorar com a garganta e quando falas já nada se ouve cá fora – o miúdo teve pânico da saliva. Equilibrou-se e largou uma sarcástica gargalhada que assustava os pássaros que deveriam estar a fazer a sesta naquela tarde.

– Psiu! Caluda! Quem ri num cemitério é porque carece de mordaça que o torne solidário com aqueles que requerem conversas silenciosas.

– Ó meu velho Verdelhão, tu pareces delirar!

– Miúdos de agora não respeitam os mais velhos! Quem está a delirar é o seu avô!

– Desculpa! Gostava tanto de saber a biografia dos verdelhões, que são na verdade a tua família, a começar por ti, a tua mulher, filhos, netos.

– Na verdade, eu escolhi ser Papagaio depois que a morte me espreitou. Assim tinha que ser, não seja por tal que esbocei toda a planta arquitetônica deste cemitério dos pássaros. Lembro-me como se fosse agora. Um pano negro abriu-se e por detrás dele vi a minha mulher e meus oito filhos, todos finados, acenando-me e a sorrirem, graciosamente alegres. Foi quando depreendi que a morte é pesada só para os vivos. Para mim, que espreitei o outro lado, não. Os verdelhões estão prontos. Eu verdelhão-pai pareço-me a um cobarde.

– Um camaleão, queres dizer?

– Essa coisa de ter miúdo coveiro dá nisso! Você é muito abusado.

– Dazanana, eu sou só teu pau-mandado. Eu sei: mania de rico é cuspir para o pobre. Quando não escarras é porque a fábrica de saliva está sem matéria-prima.

– Um papagaio e um verdelhão tem algo de comum: uma ascendência verde. O que difere é que o Papagaio-pai ainda pode ser o mensageiro de tudo quanto passa no cemitério dos pássaros. Acrescento: deixei de ser verdelhão porque o verdelhão é tímido e o Papagaio é como diz o nome: frontal.

Kufa olhou para o Papagaio da cabeça aos pés. Caminhava a arrastar os pés. Troçou:

– Tu falas sem papas na língua.

– Eu sei que você está a pensar que me embriaguei com a água com que me deu de beber, mas não: nós os papagaios já nascemos com algum teor alcoólico que espanta a nossa timidez.

– Quem me dera ser um papagaio! Dava pinos e saltos de contente.

– Ó miúdo: cada passarinho com o seu raminho, se formos dois no mesmo pouso caímos e partimos a coluna. Você é muito

novo para partir a coluna!
— O quê?
— Não sabe o que se faz para ter um filho? — perguntou Papagaio, sem deixar de simular a Lascívia. Depois continuou: — Este cemitério é só uma voadeira, uma muralha contra o acesso dos vivos. Depois que eu subir ao meu lugar cuida deste lugar. Os ratos de dois pés são mais roedores do que os de quatro pés. Ai, sou tão sensível que receio que me piquem pelos pés.
— A única coisa que pode picar os pés do papagaio é a própria boca! Ó Papagaio, tu falas tanto que me ocultas a história de como a tua mulher veio cá parar.
— A história da Coruja, contar-te-ei um dia, quando você se mostrar adaptado à tarefa do coveiro.

* * *

Dazanana adormeceu cansado, pelo passeio que levara o coveiro a conhecer o cemitério. A respiração lhe faltava. Na busca da elasticidade do ar, os pulmões quase a chegarem aos céus. Os pés pareciam ter-lhe subido até às costas. Tremiam de medo de voltarem a pisar no chão. Foram cinco dias de caminhada de lés-a-lés. Kufa lembra-se de se ter aborrecido e esgotado de tanto caminhar. Quase combalido ia deixar-se estar no chão relvado daquela morada dos pássaros, quando o projetor daquele espaço o demoveu.
— Não faça isso, miúdo!
— Dazanana, os teus parentes defuntos estão em número mais elevado do que quaisquer outros.
— Assim são as famílias em África, miúdo: o parentesco começa com os vivos e termina com os mortos. Mas pelo meio há vizinhos e amigos, arrastados por um desejo incrível de criar laços. Família em África: Uma pessoa até perde a contabilidade.
— A conta, queres dizer?
— Assunto de família no nosso mundo: O número desaparece de serem tantos repetidos ou contados.

— Caramba, um indivíduo caminha neste cemitério dos pássaros sem nunca acabar todo o chão.

— Há chãos que nunca mais acabam, mas ficam carecas de serem decalcados pelos pés. Olhando os céus é um desses chãos de nunca acabar, com estrelas que a eles estão pendentes, como árvores carregadas de frutos.

— Quando olho para o céu carregado de estrelas, às vezes perpassa-me o medo de uma estrela cair em cima de mim. Nem sei o que seria a consequência disso.

— Morte certa e imediata. Morria e ressuscitava como uma estrela.

— Já inventaram chapéu-de-sol, chapéu de chuva, falta agora chapéu de estrela. Eu queria um chapéu de estrela para nunca mais sofrer com a ameaça de tombo de uma estrela na minha cabeça.

— Aquele que, como tu, não estudou, não pode saber nada nem do céu nem das estrelas.

— Ó velho, se ser atropelado por uma estrela não é assunto de uma avaria reparável no hospital, calo-me então.

— Ó miúdo, digo-lhe uma coisa: a morte só tem conserto no cemitério!

Quando Dazanana acordou haviam já passado dois dias. Sentia muita fome. O coveiro, que estava ao pé dele, na pequena copa de serviço, onde fizera fumaça de incenso para espantar os espíritos malignos, deu-lhe a merenda que havia preparado: molho de serralha em água e sal.

— Ena, dois dias a dormir, velho!?

— Estava a treinar-me para a morte. Pode crer que não senti nada senão uma sensação tranquila, algo uma nuvem levezinha.

— E sonhaste alguma coisa? — perguntou Kufa enquanto fazia uma bola de verdura de serralha com a mão, mesmo antes de a embeber no molho e levá-la à boca.

— Estava lá eu nos céus, feito um anjo, graças à passarinha da minha mulher que me fez voar.

— E que tal é o céu?

– O céu visto do cemitério dos pássaros, com muitas estrelas, não passa de um mundo mais habitado do que a terra.
– Velho, tu és um sábio!
– E que comida é essa tão estranha que me parece bosta de boi? – protestou Dazanana.
– Velho, é a comida dos pássaros! É o que você comerá depois de morrer. Tens que te habituar antes de te reencarnares em papagaio.
– Raio da comida, miúdo! Esta comida suja o estômago. Nunca na vida sujei o estômago com infame comida como esta.
– Já te disse para desistires da ideia de te transformares num pássaro. Comida de pássaro é muito poupada e de mau gosto. Por isso, é só ver os pássaros tão angulosos e tão com os pés muito esguios, que se partem ao mínimo descuido.
– Pés e corações de vidro têm os pássaros, por isso tão sensíveis que eles são. Onde há conflito os pássaros nunca demoram.
– Aprendo muito contigo, velho. Há muitos anos eu creio que um velho é o melhor banco de escola.
– Miúdo, de uma convicção sobre a qual muito ponderei, só desisto mediante a sua consumação. Não há nada com que uma pessoa não se acostume. Mesmo uma criança que ao nascer logo chora, depois de alguns anos está a chorar por aqueles que ela vê partirem.
– Mas para com essa conversa! Tu tens muita saúde ainda e a tua vida será ainda longa, na terra.
– Na minha educação nunca se manda calar a um velho. Vá, leve-me mas é ao médico. Não me acostumo à ideia de longa vida, quando há pouco dormia para não acordar.

Os dois lá se foram. O coveiro olhou para o traje preto do Papagaio e perguntou-lhe por que usava aquela roupa de enterro.

– Ora, porque sou um papagaio preto! A cor preta espanta os espíritos malignos, estimula os preguiçosos como tu a serem hábeis – caminhou até a dispensa e sacou um fato idêntico, que estendeu ao coveiro.

* * *

O médico Gasolina Matsimbe Bicicleta tomou um estetoscópio e fê-lo circular no peito e nas costas do candidato a defunto. Mediu o pulso. O resultado foi de que a vida e a morte mostravam-se resolutas a habitarem-no. Metade para cada lado. Tinha uma saúde que se permitia dizer cem por cento boa, mas por outro lado havia sequelas de fraca dieta. Aquele diagnóstico positivo afastava as conjeturas do Dazanana quanto uma morte que lhe estava supostamente à vista. O hipotético enfermo recebeu imediatamente a alta, mesmo depois de ter tentado desfiar um rosário de achaques e mazelas, que Gasolina não ligou importância.

– Pode ir a casa.

– Este velho deprimido já não tem casa.

– Não posso crer – afirmou todo condescendente o médico, pois continuava a acreditar que Dazanana era o mais rico naquelas imensas terras do vale do Zambeze.

– O Papagaio vendeu tudo que era a sua pertença: empresas com recheio, lojas, carros e joias. O dinheiro está nesta saqueta. Mudou-se para o cemitério dos pássaros.

– Não conheço esse lugar. É uma novidade.

– É um bairro que ele construiu com mãos próprias, para se juntar à família. O cemitério dos pássaros é onde não há que se gastar dinheiro: há muitas flores.

– E por que você fez isso, Dazanana? – perguntou o Gasolina, enquanto colocava o estetoscópio em torno do pescoço, numa posição em que o aparelho ficava a olhar para a bata branca.

– Antes, sotôr, já não sou Dazanana: nasceu-me outra pessoa em mim: sou o Papagaio. Dazanana Simplíssimo já era. Por que fiz isso? Cheguei a um tratado com a morte. Os membros da minha família depois de mortos nascem-se em pássaros. Um pássaro não precisa de tanta propriedade que lhe mace a vida inteira.

– Posso crer, Papagaio. Vejo penas a crescerem-lhe. Você está virando um pássaro. Como conseguiu isso?

– Na vida você esforça-se tanto em algo para alcançar o que tanto almeja e logo acontece. Eu tanto me esforcei a converter-me em um papagaio que a plumagem dessa ave cresce-me o lugar de pelos, sobre o meu corpo.

— Não é tão verdade como ele diz. Ele quer morrer, mas o resultado da sua saúde é muito ótima — troçou o coveiro.

— E quem é você, miúdo, para dizer o que um velho quer e deixa de querer?

— Sou o coveiro legítimo e acreditado do cemitério dos pássaros!

— O poder de previsão costuma ser tomado como uma doença. E se a previsão é uma doença, então essa só pode ser a dele. Faz favor, use de todas as suas competências e prerrogativas para não o deixar morrer!

— O nosso contrato resume-se numa palavra: enterrá-lo.

— Está resignado. Mas olha, arranja-lhe uma dieta ideal dos pássaros. Prepara-lhe cascas de salgueiro com dentes-de-leão e carqueja. Atenção: não apanhes plantas que contenham pesticidas, senão o candidato a pássaro vira uma vaca louca.

— Deixe comigo, sotôr — prometeu o coveiro.

Dazanana deixou de comer. Repelia os pratos, como quem estivesse determinado a partir à fome. E quando o céu não tem inscrito o destino, por mais que se faça alarido nada acontece. O sangue circulava-lhe nas veias, como uma dieta perpétua. Algum abatimento no estado físico. O adivinho Magrinho, que tanto se solidarizava com a sua causa e colaborava na busca de pistas e soluções às questões emergentes, uns dias depois da alta haveria de o encontrar no cemitério dos pássaros.

O candidato a morte a tentar furar a porta de entrada para os céus, e esta, a não ceder-lhe, como se a chave tivesse sido jogada no mar. O coveiro o recebeu, aflitivo:

— A última vez que comeu foi umas navalheiras. Faz cinco dias. Está mais do lado de lá do que de cá.

— Pura chantagem! Este tipo ainda pode aguentar um século. As navalheiras dão é a leveza. Ele deve andar mas é a esvoaçar os céus — explicou o adivinho.

— Magrinho, sei o que andas a caçar! Quem te mandou cá vir?

Eu não te chamei. Na casa do outro nunca se entra sem o devido convite.

– É que estou à rasca – balbuciou Magrinho. – Ficaste a dever-me uma continha e não vais morrer sem ma pagar. Há meses que não como uma comida sequer.

– Rua daqui! Nunca devi a ninguém. Tu estás a pensar que perdi a racionalidade, mas não é verdade. Só estás aqui para me dar azar.

– Azar de quê? – perguntou o acusado com a voz trêmula.

– De não partir a viagem que preparei.

– Fiz uma amarração. Enquanto não me pagares os quinhentos meticais[1] que me deves, nunca te deixarei ir a parte nenhuma nem em lugar nenhum.

Magrinho, que era tão autoritário e tão malicioso como o Papagaio, partiu depois de sentenciá-lo.

---

[1] **metical**: moeda de Moçambique.

4

As frondosas árvores dos jardins do cemitério dos pássaros acolhiam variadas espécies animais nos seus galhos. Por laços de sangue com o projetor, vinham de todo o mundo. Chilravam. Depois de tantos dias de ausência, em silêncio, Dazanana desceu à superfície, como se assentasse os pés à realidade.

– Vim visitá-lo, Kufa!
– Mas tu não estavas mesmo aqui ao meu lado?
– Estava mas é o meu corpo. Eu andei a divagar com os pássaros.
– Conta-me onde foi e como foi a viagem, que creio ter sido fascinante.
– Não sou eu quem deve prestar contas. Ou tu esqueceste que o único que deve prestar contas entre nós é você?
– Desculpa, Dazanana! Acomodei-me. Todo indivíduo desempregado quer um patrão, depois, sem corresponder ao trabalho subordinado, quer que o patrão justifique o que faz na sua própria empresa.
– Kufa, você está despedido!
– Explico-te o meu nome: Pita Kufa significa "depois de morrer". Se eu for antes de tu morreres, quem te enterrará?
– Kufa, perdão. Estou a perder o equilíbrio. Estou cansado de exercer de filantrópico. Agora você tem que escrever uma biografia sobre mim.
– Tu esqueceste que não estudei?
– Como tenho bom coração, antes de morrer ensino-lhe como se lê e como se escreve. Num dia aprendes tudo, pois é inteligente.

Iniciaram as lições de ensino-aprendizagem. Contrariamente ao previsto, o processo levou dois meses. Kufa, inteligente em cumprir ordens, padecia de dislexia. Memória rígida que nem um rochedo. Não era capaz de concentrar-se nas lições.

Com menos de dezoito anos já sabia olhar debaixo das saias. Aprendeu muitos vícios na rua. Mas prometia. Um dia, lá estava o miúdo a cantar o abc e a soletrar o bê-á-bá. Dazanana deu-lhe um sem número de cadernos, onde ele pudesse gatafunhar algo. Kufa começou a escrever pelo próprio punho. Embora não reunisse conhecimentos da arte de biografar, lá se pôs à escrita como um iluminado e novel escrevente. Assim iniciou a biografia do socorrido:

Nasci no ano 1923, antes de eu saber que um dia seria Papagaio. Foi na Vila do Gurué, na casa de uma família *prazeira*[2], de tradição. Meu bisavô e a mulher, Glória da Cruz Manteigas Relvas Conceição, demandaram estas terras montanhosas e descabaçaram a floresta, para iniciar a plantação de chá. Por causa do seu feitio lascivo, a minha bisavó ganhou o apelido Colchão. Recordo-me que por portas e travessas ouvia em miúdo os velhos centenários a chamarem-na Colchão.

A montanha do Gurué arranha os céus. É um postal maravilhosamente belo e poético desta terra. A sua altitude, segundo Papagaio, deve ter deixado o bisavô mareado, que de repente desequilibrou e precipitou-se ribeiro abaixo, embora os seus algozes afirmassem que a magnificência do verde da paisagem, que ele jamais vira em nenhum lugar, o levara a suicidar-se. Depois de muitos anos, Papagaio seguiu-lhe as pistas, à volta do outeiro, a resgatar o parente. Na verdade, o manto verde da paisagem era uma alegoria, que começava pelo cimo, a descair, com um luxuriante vestido de gala, conservado no armário da paisagem, para utilização exclusiva em celebrações, autêntico elixir de extasiar as vistas e de encher os pulmões de ar puro.

À beira do leito do ribeiro Papagaio encontrou o adivinho, que lhes contou tudo e mais alguma coisa da vida do Dom Antônio de Araújo Lacerda Simplíssimo. Magrinho tinha estrutura física de

---

[2] **prazeiro**: dono de "prazo", lote de terra cedido pela Coroa Portuguesa às famílias, em regime de concessão, no século XVII. Espécie de sesmaria.

criança em corpo debilitado de adulto. Era o guardião da caixa dos segredos da vida e do corpo do sucumbido às águas daquele ribeiro. Do sucumbido não havia mais do que uma caixinha, do tamanho da mão de um Homem médio, que segundo o guardião, ainda assim continha a vida do então suposto ausente. Estava num lugar sagrado daquela cabana. Ninguém acreditaria que o finado haveria de converter-se numa espécie de fênix, mas disso Magrinho fez fé e garantiu. Era uma questão de tempo.

Papagaio recorda-se do dia em que foi ao encontro do Magrinho, a pedir-lhe que mostrasse o corpo que fora o de seu bisavô, já na altura previsto que ganharia o corpo de um pássaro não definido ao certo. Era um mistério, não seja por qual Papagaio jamais deixara de propagar que o velho voltaria a emergir em fé de vida como um Mandarim. Ouçamos o Papagaio, pela própria boca:

– Não foi o rio que engoliu o meu bisavô. Esta história tem que ser bem contada, coveiro. Nada de misérias, depois da minha morte. Construí este monumento para salvar a honra dos Simplíssimos. Não é verdade que o meu bisavô se suicidou por causa da infidelidade da mulher. Pelo contrário, quem devia suicidar-se era a velhota. O velhote passarinhava mais com mulheres, do que ela o fazia com os amantes. É preciso salvar a honra do velho. A aldeia toda guarda uma falsa memória dele. Dizem-me que ele forçou a velhota a subir o cume desta colina. Uma vingançazinha que lhe tinha preparado. Subiram. O cume assediava-os. Chamava-o. Era como se possuído de eventual espírito maligno. Era um tempo em que não havia nenhum atalho para lá chegar, mas descia-se pelas ladeiras. O velho nunca tinha visto a real grande beleza da terra. As searas verdes. Os campos retalhados por arte de barbeiros anônimos que a podaram à enxada. A colina era um mundo desconhecido. A velhota regressou só à casa. Estava suja e com feridas esparsas pelo corpo. A roupa empapada em barro. Eram dez da noite. Para descer ela teve que agarrar a palha e seguir uma ravina estreita aberta ao chão, como um ramal que dava ao ribeiro. A colina está a

uma altitude de dois mil e tal metros acima do nível médio da água do mar. Era um lugar nos confins do mundo, com grutas onde antigamente habitavam deserdados e peregrinos sem lugar de origem, nem destino. Sem estrada, nem caminho, sem guia nem esperança, a velhota haveria de salvar para legar essa parte do testemunho. Quando um dos filhos a viu toda taciturna, a desgraça do corpo ensanguentado da mãe, perguntou-a:
– O que foi que aconteceu?
– O teu pai desapareceu.
– Como?
– Fomos lá aí monte acima. Quando lá chegamos, ele sentiu-se mal. Teve vertigens e caiu como uma lesma, sem conseguir deter-se no capim e nos sulcos por onde escorre a água do ribeiro – explicou ela, simplificando a história.
– Onde ficou o corpo?
– Ainda o tentei achar, mas não apanhei um único vestígio do desfrisado cabelo do infeliz coitado. Nem poeira do que foi o corpo dele encontrei. No ribeiro há um espírito que toma conta dos homens que lá vão dar.
Alguém saberia o nome do tal espírito? Rondaram o monte e nunca o acharam. Talvez o espírito se resumisse à pessoa do adivinho.
Anos mais tarde, Papagaio, com um misto de ternura e solidariedade em memória do bisavô derrotado, abandonou o mundo comum. Localizou o empassarado bisavô. Não foi fácil. Primeiro, bateu o mato. Fez corta-mato para chegar ao cimo. Procurou pelos ossos do antepassado, não os encontrou. Quando descia, encontrou com o adivinho Magrinho, que também exercia de feiticeiro naquele mundo despovoado. Magrinho, que tinha mais de setenta anos, voz enferrujada, aliás, como todos os imóveis que ocupam a cabana, contou-lhe que era o testamentário executor do morto e que o finado longe de morrer se transformara num Urubu.
Durante muitos anos, como já se disse, a família poupou es-

forços de o procurar, não seja por isso que haveriam de cair na desgraça. O mal se foi espalhando de geração em geração. A morte chegava pelos bicos dos pés e lá foi que dizimou os Simplíssimos, um a um. Papagaio, o único sobrevivente, procurou meios de salvar a pouca honra que restava da família. Como sucederia naturalmente. Encontrou o Magrinho, quando divagava, perdido, com os olhos absortos pelas bordas do ribeiro de águas prateadas. Magrinho desconfiou dele, pois todo o espaço à volta da colina era virgem e quase mais de meio século nenhum homem tinha lá posto os pés. O feiticeiro só não morreu porque lhe faltava tempo para tal. Teria que encerrar o caso. Não poderia ir à cova com aquela história. O testamentário pedia que o achador renunciasse a tudo. E foi tal que Papagaio, mesmo antes de saber que se tornaria pássaro, entre uma hesitação e outra, vendeu todos os seus pertences. Ergueu o monumento em honra aos Simplíssimos. Como lhe assegurou o feiticeiro, estava garantido que como um pássaro, a passear pelos céus, voltaria a capitalizar-se. Mas para tomar a decisão foi preciso o patriarca dos Simplíssimos tomar-lhe os entes queridos diretos. Quando tudo estava perdido, vencida a sua teimosia, foi então que ele começou a construir o cemitério dos pássaros. Tijolo sobre tijolo. Pedra sobre pedra.

5

Aquele cemitério dos pássaros não podia ser mais do que uma cidade, em terra de nenhures, floresta cerrada, com luz, água e carreiros. Não poderia ser mais do que um desafio ao ambiente necrópole que rodeia os cemitérios comuns. Daí ter despertado o interesse do mundo.

Papagaio era um homem orgulhoso. Esmerara-se bastante, e com tanto empenho esforçara-se em oferecer um bom passado e futuro aos parentes, que era como para recompensar as más recordações e restrições.

Ele próprio fora o obreiro de tudo quanto o cemitério reunia. Havia no cemitério dos pássaros, além do que foi dito, um museu com a fotobiografia de todos os parentes. Ele se encarregara de as recolher. O que não o poupou de remexer a vida de pessoas alheias, furtar o que lhe recusavam transmitir. O que não passa um homem quando está atormentado pela vida?

Kufa anotara naquele caderno todos os feitos do Papagaio, mas o que o tornara uma pessoa estranha tinha sido o fato de ele se ter dedicado ao roubo de ossadas de cadáveres.

Primeiro ele começou por inventariar os parentes mortos, em tudo o que fosse lugar, dentro e fora do país. Alguns estavam na América, outros em Canadá, outros ainda em parte das ilhas do Índico a norte, além Portugal. Mas era na origem que estava o grosso. No fim ele contabilizou: quinhentos e noventa e oito pássaros do apelido Simplíssimo. Havia que deitar mãos à obra porque a vida dele era assombrada pelo bisavô. Não foi fácil ao Magrinho convencê-lo de que o desleixo ao ancestral-mor morto era o principal motivo por que tinha a casa assombrada, pois os mortos incomodavam-no até as partes mais íntimas, deixando-o impossibilitando de qualquer festa na cama.

* * *

A experiência inicialmente triste do Papagaio tornara-se incrivelmente o motivo de diversão. Para Papagaio não havia golpe mais duro do que a sua solidão entre a multidão de pássaros com que se relacionava, conversava. Magrinho dissera-lhe com uma ironia sarcástica que o assombro do bisavô era importante para que ele se fizesse homem. Coisa que Papagaio até a altura não o era. Levava uma vida desafogada, a gerir as suas propriedades, que além de casas e comércio, incluía indústria. Mas os alarmes eram demasiados, enquanto ele levava uma vida mundana.

Conta que Papagaio tinha sido viúvo, antes de namorar uma portuguesa por correspondência. A chegar entre um e outro lugar estas demoravam uma vida. O que os emocionava. Amor à moda antiga, que juntava criatividade do papel perfumado, folhas e flores que chegavam secas dentro do envelope.

A antiga colônia tinha por seus súditos um olhar subcultural. Por isso, o namoro de um cafuzo de goês e negra com uma pessoa da corte significava ascensão na categoria social. E foi o que ele fez. Depois de tentativas de muitos anos, o sorteio caiu-lhe na Maria de Lourdes Pintassilgo. E que coincidência? Um apelido homônimo de um pássaro. Estava destinado a ter uma passarinha na sua vida. Parecia algo que bastasse por si. Mas ele não sabia que onde estava a sorte começava a derradeira rifa que o acompanharia até ao sepulcro.

Maria de Lourdes Pintassilgo fizera uma fastidiosa viagem de paquete Porto Amélia. Juntar-se-lhe-ia meses depois, após percorrer oito mil quilômetros. Trajando um vestido rosa, meias de vidro e sapatos de tacão alto, a mulher desembarcou no porto de Quelimane num abrasante verão. Na plataforma, de coração aos saltos, Papagaio a aguardava, com um chapéu de chuva, uma combinação de casaco, calça e sapatos pretos, perfumado com desodorizante de folhas de mimosas.

Papagaio parecia afogar dentro daquele traje, que não conseguia disfarçar a sua timidez. Tinha um condutor próprio, o Carvalho, que os levou até à casa, não sem antes recomendar tranquilidade ao patrão. Mas antes de lá irem, Papagaio, sentado com a companheira no banco de trás, ordenou ao chofer que os levasse pela avenida Eduardo Vilaça e daí pela estrada à beira-rio, pela marginal, que era um chamariz pelas águas verde-marrom e mais o verde mangal. Os dois pombinhos beijavam-se para espantarem a timidez, que pouco a pouco Carvalho viu-se de pau-feito.

No Clube Mira Bons Sinais Papagaio ordenou ao condutor que parqueasse o carro, pois aqui encomendara havia dois meses um prato a gosto da noiva. Ocuparam um lugar na esplanada, muito à conta da brisa do rio dos Bons Sinais. Papagaio era um língua-doce. Já antes de ela chegar espalhara a boa nova da chegada de Pintassilgo, e revelando seus planos de com ele constituir família. Por isso, antes mesmo de ocupar o lugar chamou a atenção de todos, e particularmente, quando o motorista desceu do carro, dando a volta, para levar os dois protegidos sob o guarda-sol. Por causa de conversas privadas, muito anteriores, João das Neves, que era cossócio dele, o interpelou, chamando-lhe Papagaio, para fazer jus com apelido Pintassilgo da noiva.

– Boas tardes, Papagaio!
– Boas tardes, João das Neves!
– É a nova passarinheira? – perguntou-lhe num tom brincalhão e com voz baixinha, de modo que ela não o ouvisse.
– É a minha Maria de Lourdes Pintassilgo.

João das Neves, que estava acompanhado da esposa, troçou, enquanto apontava para a esposa:
– É a minha Luísa Perdiz.
– Além de cossócios que somos, mais esta feliz coincidência, Papagaio. As nossas duas esposas com nomes de pássaros.
– Não sei o que isso quer dizer, mas deve ser um mau prenúncio.
– Lá estás tu, pessimista!

– Mas é daqueles bons presságios com que a terra nunca conta.
– Ora essa, é o prenúncio da liberdade – afirmou João das Neves, que tinha uma voz de toutinegra.

Ao contrário do Papagaio, Neves era um homem modesto. Vivera alguns anos em Paris, onde acumulara capital. De volta à pátria, encontrou um antigo amigo de escola, já um próspero empresário, graças ao que herdara da família. Propôs-lhe negócios nos ramos de comércio e construção civil. Papagaio acolheu-a de todo:
– Seria absurdo recusar uma proposta tentadora, nestes tempos, onde toda a gente investe sem fazer contas ao futuro.

Neves fez-lhe uma careta no ombro, após o que lhe disse nunca ter sido um homem egoísta, mas não percebia por que muitos se declinaram a serem parceiros dele. Papagaio respondeu:
– A porta do céu é a única que se mantém aberta a todos, quando na terra todas outras se mostram encerradas. Bem-vindo ao mundo dos negócios!

Na altura, tomaram os dois uma garrafa de whisky, em celebração do evento. Ao fim da bebedeira, Papagaio apenas falava da sua solidão e da Pintassilgo que estava prestes a chegar. Neves compreendeu que o amigo tinha bebido a mais, por isso pediu ao servente dois cafés com algumas gostas de conhaque, para atenuar o efeito do álcool. Beberam o café. Posto isto, recomendou ao chofer do amigo que levasse dali o patrão.

Portanto, no dia da chegada da Maria de Lourdes Pintassilgo, fizeram um almoço a quatro, após o que cada casal abalou para Gurué, a duas horas de Quelimane, onde moravam. Havia no Papagaio uma grande emoção e fascinação que não o deixava de bico calado. A caminho do Gurué ainda mostrou à noiva os lugares de encantamento da cidade de Quelimane, os sítios mais pitorescos e emblemáticos: o salão de festas e bailes do Sporting, onde planearam dar o nó para selar o compromisso, o Cinema Águia, o Edifício Madal e a Gare Ferroviária.

Papagaio cometera um erro crasso. Deslize de um emotivo papagueador. Mostrara uma casa com reclames luminosos.

Fizera um comentário duvidoso, a falar de companhias solidárias. Pintassilgo viria a saber que se tratava de cabaré onde ele normalmente se divertia com as andorinhas da noite. Pintassilgo descontara-lhe, pois os dois convencionaram não fazer mossa ao passado individual.

6

Maria de Lourdes Pintassilgo era mãe coruja. Europeia de nome, mas autóctone de costumes perversos. Colaborava com a preguiça e a ociosidade. Coisas da fidalguia. Estava em casa do Papagaio mais como uma peça de decoração. Ou móvel. Não se mexia. Ou se mexia era na cama. Dominava as artes da volúpia. Trabalhara num cabaré. O que Papagaio não sabia é que era subjetivamente a esse título que o aceitara como esposo. Não estava para se manchar com um cafuzo que não lhe desse lucro no fim de mês. Caprichosa, na convenção pré-nupcial, exigira a Papagaio que a remunerasse como um dos seus inúmeros empregados. O nome dela constava da folha de salários como vice-presidente terceira da Simplíssimo & Neves, sociedade anónima de responsabilidade limitada. Esse título era apenas para igualar com a Perdiz. De fala mansa, na casa que ela transformara em hotel de cinco estrelas, distribuía mandos aos mainatos[3].

Tempos depois, contratara a copeira Dezoitentina Maria Branca, rapariguinha essa muito calculista. Apesar do apelido, ela era negra, pele de ébano, que mal se via no escuro, a não ser uns dentes esbranquiçados de meter inveja. Poupada em esforços, a patroa não costumava deslocar-se às cabeleireiras. Ao contrário, estas moviam-se ao seu encontro. O cabelo liso, todo em ordem. As unhas arranjadas até ao detalhe mais impressionante. Ela usava demasiadamente o perfume, que era um assombro. Parecia que a fábrica estava colada a ela. Era algo que se podia inalar a dez metros de distância. O mundo girava à sua volta. Excêntrica, só sabia o caminho da igreja e dos locais da bonomia da vida burguesa colonial. Normalmente fazia-se à igreja acompanhada de

---

[3] **mainato**: empregado doméstico que cuida das roupas.

um séquito de açafatas. Quando o império caiu, ganhou nova vizinhança, que costumava cutucar longe dos ouvidos dela: "Olha a perfumaria ambulante!"; "Olha a montra ambulante". Porque a presença de Pintassilgo era digna de um manequim. Literalmente. Deixasse-os falar. Para Papagaio, ela era um bom partido. Dava-lhe de tudo.

A Vila do Gurué, uma pequena urbanização rural, asfixiada por casas de lata, tinha sido um grande colonato português naquele verde pulmão de África. A metrópole instituiu-a para acolher colonos chegados diretamente do solo europeu. Estava numa fase de florescência quando Maria de Lourdes Pintassilgo chegou. Ela saberia que uma daquelas casas de alvenaria era habitada por prostitutas, chegadas do solo pátrio. Por isso, receando que as companheiras do ofício desvendassem o seu sombrio passado, ergueu aquela cortina artificial que a separava de todos.

O mundo não é mais do que uma massa do tamanho de um punho. Não obstante, Neves, que bem socializava com todos, acabaria desvendando-lhe o passado. Num rastilho seguido ao acaso, tropeçou na lama de uma daquelas rameiras, que lhe revelou saber que Maria de Lourdes Pintassilgo andava por perto, mas desentendia o motivo daquele azedume, que a levara erguer muralha contra o passado. Não a iria deixar impune, segundo jurou.

– Papagaio, já se vê o tanto que estás apaixonado – disse-lhe uma vez o Neves, com um sorriso sarcástico.

– Apaixonado é pouco. Desde que ela chegou o nosso amor não tem como nevar. São noites e dias de muito carinho.

– Já dá para ver. Eras magro. Desde que ela chegou o teu pescoço desapareceu, já não há fronteira tangível entre a cabeça e o peito.

– Desminto: Não é a comida que engorda, é o amor que engorda a gente.

Era óbvio que Papagaio não tinha tempo para interpelar Pintassilgo sobre os seus gostos, os seus gastos e exorbitâncias. Ele era feliz assim. Ela sabia como levá-lo até ao fundo, deter as rédeas daquele homem atormentado pela vida. E era visível.

Cemitério dos pássaros

Papagaio já não era aquele homem que bebia garrafa e meia de Whisky sozinho. Já não era aquele homem que depois de embriagar-se, sobrava solitário, à mesa, a pensar, a pensar, tal e como fazia no escritório da firma, debruçado para a escrivaninha, a pensar. As lágrimas espreitando-o ribanceiras, como o curso de água que olha o cimo da colina desde baixo. Aqueles dois rios do rosto que se transformaram num único só, é um dos rios que lhe sequestrou o bisavô.

Se existe uma coisa que distingue as meretrizes das mulheres comuns é a capacidade que elas têm de abrir um coração selado. Mas nenhum homem penetra a fundo o coração delas. Portanto, como por artes mágicas, ao fim de vinte anos, Papagaio conseguiu-o.

Por estas alturas, Neves e Maria de Lourdes Pintassilgo eram um resquício do colonialismo, na antiga província ultramarina.

* * *

Papagaio tinha uma arca fotográfica bastante rica e interessante. Autêntico baú de memórias. Maria Pintassilgo ajudou a constituí-lo, num momento em que o casal passava por uma grande crise existencial. Apesar de terem de tudo, passavam por um grande vazio de sentido. Foi após a morte do décimo filho. Papagaio enterrou-o no quintal de trás, para minorar o sofrimento que a distância da casa ao cemitério os poderia impor. Para ele e a esposa continuarem a gozar da suave e sutil companhia do morto. No lugar em que o sepultou nasceu uma ave. Descobriu-a Maria Pintassilgo, numa manhã, ainda acometida naquele estado de choque, que a deixou insone durante uma semana. Era inacreditável, no dia seguinte ao do enterro, a terra ainda leve e o coração dorido, um verdelhão ganhou logo o lugar do falecido filho. Maria Pintassilgo, que se ressentia de mil noites mal dormidas, suspeitou que era um daqueles casos de pesadelo que a costumavam visitar, devido ao excesso de luto na família. Naquela madrugada que se confundia com a alba, ao

espreitar pela janela, viu um pássaro que piava numa voz semelhante ao do filho. Acordou o homem:
— Marido, estou a ouvir a voz do Manito.
— É das ressonâncias magnéticas. A voz do morto é que desadormeceu bem fundo de ti, para te consolar.
Ela pegou o marido pelo pulso, até à janela.
— Ouves-lhe a voz, Papagaíto?
— Ouço-o. Mas é do bater do relógio da parede, na sala.
— Já estás a perder a sensibilidade. Essa é a voz do Manito, que se empassarinhou. Não foste tu que me disseste que o teu clã é de pássaros antes de nascer e depois de morrer?
— Mulher, tu deves ter mas é febres.
— Passa a tua mão na minha testa.
— Na verdade, não é de febre nenhuma – disse o marido depois de pousar-lhe a mão pela testa.
— Mas deves é estar com medo do pássaro. Deve ser o teu coração a imitar o relógio de cuco.
— Talvez, de ser Pintassilgo, empassarinhei-me de vez.
O homem encostou o ouvido no peito dela, mais do lado esquerdo. As batidas cardíacas eram normais. Agora o pássaro persistia a chilrear, cada vez mais alto e forte.
— Mulher, é mesmo a voz do nosso filho Manito.
— Ele voltou.
— Voltou, pois.
— Não me digas que o chão está a ovular?
— Sou eu que por força dos meus instintos maternos ganhei por ovular na terra.
— Agora, o que fazemos?
— Armadilhamo-lo.
— Se tivermos que o armadilhar para o deter então não é o nosso filho.
— Marido, tu só contrarias! Já não aceitas o teu filho de volta?
— O filho pródigo é aquele que volta à casa dos pais por vontade natural e do próprio coração.

A mulher desatou a chorar. A manhã, beijada por escassos raios de sol atrás de uma cortina de nuvens, era da cor cinza, como o coração dela, que estrebuchava de medo. Pior, ela tremia de medo, de fome e de insônia. Atrás do cortinado que tapava a janela, apontou a cria:

— Marido, vai lá fora apanhá-la.

Papagaio lá foi acordar a um dos mainatos e pediu-lhe que o recolhesse. O que aquele fez. O pássaro alado não se rebelou.

— Pedrito, agora tens que cavar a terra para ver se esse pássaro é fruto do acaso ou da ascensão do nosso filho à terra.

— Marido, foste tu que engravidaste o chão. Manito é o fruto do ventre do meu chão.

Pedrito, um negro grande e forte, típico de empregados do tempo, de mãos hábeis, cavou o chão. Apenas encontrou a roupa do finado. Do corpo nem ossos. Por estas alturas o Papagaio já tinha chamado o Magrinho para testemunhar a vinda daquela "visita inesperada", tal como lhe transmitira.

— Está-se mesmo a ver, marido, que Manito se empassarinhou — rematou a mulher.

— É mais uma prova dos nove de que de pessoas só temos a aparência, pois nós somos pássaros.

As autoridades tomaram o conhecimento do insólito acontecimento. Não demoraram tanto a se dirigirem à casa do Papagaio. Bateram a porta. Pedrinho abriu-a. Havia dois obesos polícias cá fora. Pediram para conferenciar com a Pintassilgo.

— Temos conhecimento de que a excelentíssima senhora anda em compridas e fiadas conversas com um pássaro verdelhão, a quem trata por filho. Pode-nos dar a fé de vida dessa criatura?

A criatura estava numa voadeira de ramos de palmeiras. Todas as atenções e deferências lhe estavam reservadas. Ela encolheu os ombros:

— A única fé de vida que lhes posso dar é que onde antes haviam um morto, cavamos e não achamos nada. Nem um único vestígio. Em seu lugar emergiu esse pássaro.

– Alguma testemunha?

– O Magrinho, o mainato Pedrito e a copeira Dezoitentina Maria Branca que o confirmam! Esses podem garantir a independência da prova. O meu marido poderá dar o seu depoimento, quando o desejarem.

Um dos polícias tentou segurar no pássaro, depois de meter a mão na voadeira. O pássaro encurralou-se a um canto, onde ele não podia alcançar.

– Faz favor, polícia, deixe-me! – disse o pássaro.

– Por favor, não machuque o meu Manito – implorou-lhes a Maria de Lourdes Pintassilgo, quase de joelhos.

Cabisbaixos, os dois polícias deixaram a casa. Maria de Lourdes Pintassilgo ainda os chamou filhos de uma figa, por se intrometerem na vida privada das famílias.

Os polícias não ouviram.

7

Na voadeira onde o colocaram, Manito começou a fazer das suas. Davam-lhe de comer cereais, ele cruzava os braços. Davam-lhe água, ele cada vez mais se indiferenciava. Mostrou ser um quebra-cabeça. Já não falava, para a tristeza de Maria de Lourdes Pintassilgo, que por tal vivia apertada, com um nó na garganta. Ela clamou pelo socorro do Magrinho, que parecia dominar o alfabeto dos pássaros, mas a relutância do Manito era tão grande que o feiticeiro não teve por onde extrair a ponta daquela manifestação, daquela greve de pássaro único na selva de homens. Por estas alturas, Papagaio já magricelava e a mulher afogava-se em desgostos. A pele transparente expunha-lhe os ossos ao vivo. Parecia um monte de qualquer coisa. Uma vida que desaparecia aos poucos.

– Mulher, já pensei uma coisa.
– O que é?
– Manito não cresceu nem nunca viveu numa voadeira. Tira-o de onde o colocaste.
– Mas quando ele ressuscitou pu-lo lá na voadeira e nunca se mostrou contrariado.
– Não tem *mas*; vá, faz o que te digo ou nos separamos de uma vez por todas.
– Brincadeira fora, machismo à parte. Tu mesmo disseste: em casa mando eu.
– Não completei a minha frase. Pensei que adivinharas o meu pensamento: Pois, em ti, mando eu.

Apesar de tão macho que era o homem, Maria de Lourdes Pintassilgo sabia segurá-lo pelos chifres. No lar ela era tão forte que só temia as baratas. Quando as via, ficava horrorizada. Soltava gritos lancinantes, clamando pelo socorro do mainato, da copeira, do marido e filhos, ao tempo em que estes eram vivos. Todos lhe faziam as vontades. Até Deus a quem ela implorava milagres, de rosário nas calosas mãos de tanto rezar.

– Pedrito, tira o menino Manito da voadeira! – ordenou ela, contrariando a ordem do esposo.

Logo que o Pedrito sacou o pobre Manito da voadeira, este pôs-se a caminhar na direção do seu quarto de costume, com o seu andar manco. Atravessou a porta aberta e, fechando-a atrás de si, foi direito à cama.

– Mulher, viste como ele anda?
– Tem o mesmo andar que o do meu Manito.
– Pois – o marido anuiu, todo emocionado.
– Nisto saiu a ti. Quando caminhas tens um pé que mais estica o chão que o outro, preguiçoso, que quase vai a arrastar-se, como que aceitando a vontade do vento.

– Numa palavra: O filho do Papagaio aprende a papaguear com o pai.

– Ainda amo o nosso filho, não pela sua nova coloração ou formato, mas sim porque coxeia como o pai. Apaixonei-me por ti exatamente por causa do teu coxear; *onda-que-vai, onda-que-atrasa; onda-que-arrasa, onda-que-se equilibra no chão.*

– E o que isso tem a ver com o amor?

– O teu coxear confere-me serenidade, dá-me a graça de ser o chão, o suficiente para te amar e acolher-te na gruta do meu corpo, na selva dos meus braços longos e vigorosos como ramos do embondeiro[4].

– Lá estás tu a poetar-me, mulher.

– A minha mãe poetava, mas era fazendo crochê. A agulha era a sua caneta, e rimava com as cores, com arte e técnicas impressionantes. No esmero a que se entregava naquela sua forma de poesia encontrava-se a carícia e beijos que nunca mostrava em público, o amor que ela tinha em reserva para com o meu pai.

---

[4] **embondeiro, imbondeiro** ou **baobá**: árvore muito alta nativa do sul da África.

Naquela noite, João das Neves haveria de aparecer para os consolar. Como era o costume, na semana em que vigorava o luto, nos princípios das noites, entrava sem pedir licença e cumprimentava Maria de Lourdes Pintassilgo de uma forma um tanto ou quanto estranha.

– Parece-me que estás bem.

– Esqueci o que é isso de estar bem. Eu apenas vivo porque não encontrei tempo nem lugar para morrer.

– Para um homem, o lugar está sempre nas saias; para a mulher o lugar está sempre nas calças. A vida não é senão essa rotina tradicional e básica.

– Esse tempo e esse lugar já era na nossa vida de casados. A cama já não aquece como antes. Depois de muitos anos de casados, o coração parece acumular poeiras; dorme-se de mãos dadas como irmãos: o hábito parece servir para espantar os fantasmas e o medo à solidão.

Ao das Neves, o Papagaio era quem tinha culpas no cartório, para o fato de faltar calor naquele lar. Papagaio mostrava-se todo extenuado. Taciturno, os olhos vasculhavam no céu a esperança e a felicidade que ele não encontrava na terra. O amigo percebeu que haveria que lhe oferecer algo, para baixar as hormonas masculinas que estavam no céu. Um dia levou-lhe um embrulho com um pedaço de um tronco.

– Que é isso, das Neves?

– Ora, Pau-de-cabinda. Quando o enterro passar, faz festas à tua mulher!

Um sorriso disfarçado iluminou o rosto dos dois.

A copeira Dezoitentina já pusera a mesa. Ante a atenção dos comensais, das Neves falava ruidosamente, como quem padecesse de uma intratável diarreia. De súbito, saído do quarto lá dos fundos, chegou o Manito. Tomou possessão de uma das cadeiras. Puxou de um prato e serviu-se do que havia, em seu bel-prazer. Das Neves já andava ao corrente do mistério, mas desprezara a possibilidade de o pássaro tomar lugar à mesa, com tal arrogância. Abalado, e para sempre, saiu da casa como entrara: à francesa.

— Então, filho, são esses os modos sociais de pôr-se na conversa dos mais velhos? — perguntou-lhe a mãe, surpresa, ante os olhos indiferentes do esposo.

— Só queria reclamar um pouco de atenção. Desde que cheguei, não vos disse ao que vim. Não são apenas os pangolins que são mensageiros, os pássaros quando aparecem em bico dos pés é porque precisam de quem baixe as orelhas para os ouvir.

— A humanidade é essa tresloucada que já não tem ouvidos para si, quanto mais para os pássaros.

— Há uma verdade profunda: a humanidade só presta atenção a quem tem dinheiro; o pobre, por mais que tenha boas ideias, sempre carece de público.

— Mostrar ideias é como expor a intimidade: nenhum rico gosta de baixar-se de onde está para apreciar o brilho de quem não o tem na aparência.

— Acho que nem tu mesmo tens convicção do que dizes.

— Quando eu era um vivo comum e vos ajudava na lida das empresas, da casa, não precisava de reclamar por vossa atenção. Agora que sou um pobre pássaro interpretam a minha aparição como um distúrbio.

— Faz favor, nunca apareças à mesa quando temos visitas! Elas não entenderão como um pássaro pode estar à mesa com os seres comuns — Dazanana disse numa voz autoritária, mas Manito iria repetir a proeza por outras tantas vezes. Semanas depois a grande casa, com quartos espaçosos, retretes múltiplas e quintal onde se perdiam os serviçais em trabalho e as crianças em jogos, enchia-se de pássaros. Ensombrava-se.

* * *

A casa do Dazanana tornou-se pequena, em poucos dias, uma floresta jamais vista e que ninguém imaginaria que viesse a tornar-se. Uma floresta de pássaros. Uma colônia de pássaros. De toda a espécie e cores: azul-amarelados, amarelados-cor-de-rosa, vermelhos-ocres-marrons, laranjas-verde-alfaces, brancos-azulinhos-pingadinhos, cinzentos-prateados-pretinhos. Era um espaço próximo da natureza, mais do que tinha sido alguma vez. Dava a sensação de estar-se na selva ou dentro de um viveiro. Os pássaros punham-se aos ombros ou entre as pernas do casal, como pulgas. Era giro, mas por outro lado incômodo. Nem Dazanana nem Maria de Lourdes Pintassilgo conseguiam mais concentrar-se, para soprar uma carícia, soprar um único beijo. Havia muitos intrusos no meio da relação. Parecia que a casa mudara de lugar e encontrara novos donos.

– A única coisa que não se escolhe é a família. Goste-se ou não dela, tem-se que suportar, acostumar – aconselhou-lhes o Magrinho.

– O problema é que no meio desta selva não consigo distinguir quem é quem – protestou Dazanana.

– Dizer selva de pássaros é um favor, o que há aqui são nuvens de pássaros que tocam o chão e os céus.

Pior, quando Dazanana, impaciente, os mandava embora, mais chegavam. Parecia convocá-los.

Dazanana e Pintassilgo mudaram-se para o cume de uma colina. Lá onde antes havia paz. De repente, a colina encheu-se dos mesmos pássaros. Mal se distinguia quem era quem naquela selva de pássaros.

– Família é como o espírito: Não se foge dela. Se tentardes fugir, dareis com ela em outros lugares do mundo – aconselhou Magrinho, que era a voz da experiência. Perdia-se a explicar-lhes. Mas o casal, sufocado, não se conformava.

Dazanana tinha levado o baú com muitos álbuns de fotografia da família, mas a recordação perdia-se naquela névoa de fumo de pássaros. Magrinho pesquisou cada um dos animaizinhos. Através da sua arte mágica, chamou-os um a um. Pediu a Dazanana que os tratasse com deferência. Dazanana foi reconhecendo-os, pelas características, ou por aquilo que ouvira falar através de parentes. Histórias que lhe foram transmitidas e que eram de gerações anteriores. Acontecimentos que remontavam a há mais de quinhentos anos. Alguns dos parentes que se reencarnaram em pássaros, contudo, haviam morto na guerra que fazia corpo com aquele chão. E a migração do casal para aquela colina salvou-o.

8

    A vida do Dazanana e da Maria de Lourdes Pintassilgo entre os pássaros, no cume da colina, longe do que tinha sido no sopé da terra, era interessante. Dazanana havia construído, como já se disse, moradas para cada parente falecido. Passava o tempo a visitá-los. Quando regressava tinha sempre algo a contar à esposa.

    — Marido, como foi a conversa hoje com o teu tio, irmão da tua mãe?

    — O meu tio é um pássaro daqueles engraçados que tem sempre notícias picantes dos parentes mortos — ele não contava nada sem antes começar por revirar o acontecimento, a partir do comentário. O que a impacientava.

    — Marido, tu também não deixas de ser um papagaio interessante, que jamais inicia a história como é da regra essencial.

    — Desculpa, mulher! É só para espantar a monotonia da nossa vida que começo pelos comentários. Como sabes, saio de casa de manhã, depois de aquecer a garganta com o chá, e lá onde estou a construir o cemitério dos pássaros falo só comigo e com eles.

    — Vamos lá, conta-me lá o que disse o teu tio.

    — O meu tio disse-me que a minha mãe tem um namorado bem empassarado como ela, que a engravidou.

    — Ah! O teu tio sempre o mesmo, como se os mortos depois de se tornarem pássaros não fizessem mais nada senão filhos para compensarem o tempo de jejum.

    — Mulher, tu não vais acreditar o que o tio me deu.

    — O que é, marido?

    Dazanana tirou do bolso um envelope, que lhe mostrou.

    — Uma carta! Marido, não me diga que o carteiro trouxe-me uma carta de Portugal?

— Mulher, há mais de vinte anos que não te vi receber uma única carta de Portugal.
— Só se vinte anos não fossem até anteontem. Não sei se te lembras. A última vez que lá fomos, os únicos que visitamos foram os meus pais, minha meia-irmã, fruto de uma anterior relação do meu pai com outra mulher, antes de casar com a minha mãe, e a minha tia... no cemitério dos prazeres.
— Esqueces dos teus sobrinhos que vivem?
— Dou-me bem e melhor com a minha meia-irmã Aguadura. Entre os meus parentes, há escritores e poetas, esses sonhadores incorrigíveis.
— A trabalheira que dá a família em África já vês, não descansas enquanto a levas às costas na vida, quanto menos depois da morte. Sempre a intrometerem-se na felicidade de um indivíduo – disse o homem enquanto endireitava a coluna, fruto de excessos no trabalho, e talvez a ressentir-se do peso do chumbo com que aquela lhe sujeitava.
— A família serve para isso: para uma pessoa nunca sentir-se totalmente feliz nem descansada.
— Mas a carta que recebeste quem ta escreveu?
— Adivinha.
— Não posso adivinhar.
— As voltas que tu dás antes de me contar uma coisa, deixa-me com a emoção à flor da pele. De tanto suspense, quase perco os sentidos.
— Os mortos são sempre ousados nas surpresas, algumas vezes sensuais com os sentimentos, se nos deixam ver os seus corações.
Maria de Lourdes Pintassilgo arrebatou a carta ao homem e desatou a ler. No fim, soltou uma graça.
— É mesmo a caligrafia da tua mãe. E confirma que está grávida. Não posso imaginar quantos irmãos chegarás a ter.
— Nem eu quero imaginar quantas noras nem netos virei a ter.
— E quem é que te fez chegar a carta?
— Mulher, treinei-me na arte de chegar ao coração dos pássaros,

na ciência de interpretar-lhes o âmago e as utopias.
— Sei, graças ao protocolo do Magrinho, que sabes tudo de lá.
— E é graças a ele que os de lá sabem do que se vai passando por cá.
— Mas é graças a esse má-língua do beija-flor do teu tio Boavontade Lacerda Coelho e Santos do Simplíssimo que sabemos dos noivados e dos casamentos que se celebraram entre os mortos.
— E não fosse ele nunca mais saberia que o meu pai virou um eunuco e bêbado, no mundo em que jaz.
— Pois, não fosse esse má-língua não saberíamos que o nosso Joãozinho, antes que a mulher fosse ter com ele, promovia lá na morte bailes de cortejos.
— O nosso Paulo, mulher, disse-me o tio, nunca mais deixa de pôr palitos à Virgínia, essa pobre mulher que passa o tempo lá chorando.
— Com tanta mulher que há nos céus, não sei por que a Virgínia vive obcecada pelo nosso filho.
— O problema é que o amor que se sente pelo outro não se cura com aspirina.
— Às vezes o que cura o amor não é a aspirina, mas a contraindicação.
— Concordo.
— E o que é feito do nosso Camilo?
— Continua a ir à praia, normalmente. Livre como um pássaro, dedica-se ao voyeurismo. É a ovelha perdida da família.
— E não deve ser nada fácil para ele saber, acertar: Às vezes não é a pontaria que abre o coração de uma mulher, mas a chave certa.
— E a nossa Lídia da Purificação, que é feito dela?
— Não envelhece, segundo o protocolo. Anda envolvida em competições de beleza. É a *miss* mundial das passarinhas. Deve haver uns tontos a arrastarem asas nela.
— Lídia da Purificação saiu a bisavó Glória. E o nosso Perdigoto?
— Continua virgem como saiu da terra. Talvez vá para padre.

— E eu a pensar que nunca mais teria notícias deles?!
— Notícias sempre há. Precisa é haver um protocolo que funcione entre os dois mundos.
— Mais uma só: ciumento que continua, quem anda de espingarda, lá no céu, é o meu bisavô a ver se volta a surpreender a mulher em contrapé, a escorregar na casca da banana.
— Essa tua bisavó que não quer envelhecer, ainda pode dar-se muito mal. Os mortos são mais ciumentos que os vivos: ela que se previna!

* * *

Os álbuns de fotografias e retratos em desenho perfazia cinco séculos de história familiar. Colecionava fragmentos e histórias que ninguém jamais pudesse desacreditar. Testemunhava tamanhas antiguidades guardadas no sótão: Baús, fogões, peças de arte, imóveis, telefones, abajures, estatuetas, carros, peças de cozinha, louça, entre outras. Nas molduras que eram os álbuns concentravam-se toda uma tradição, a vida dos Simplíssimos, que ainda assim, certos detalhes era necessário cavar. Muitas peças da herança, Papagaio deixara-as para trás, na velha casa assombrada. A casa aqui na colina era de barro, coberta de palha seca. Humilde, como a dos seus antigos servos, tinha a inconveniência de se alagar muito facilmente.

Papagaio salvara os álbuns a pensar que lhe haveria de servir em momentos de tédio, no retiro a que se devotara, como eremita, acompanhado da esposa. Esta já o advertira sobre a condição nefasta daquele isolamento. Um dia, ao meio de uma forte tormenta, ela disse:

— Marido, se aqui cai uma trovoada, pronto, já éramos.
— Mulher, tu já estás velha! Nunca a trovoada matou gente.
— Marido, se fosse lá em baixo, a trovoada era menos perigosa. Mas aqui na origem vejo como ela nasce e como ela rebenta.
— Mulher, estás sempre a inventar coisas, pretextos para

voltarmos para a casa.

— Qual regressar, qual quê?! Subimos pela ladeira e até aqui chegarmos não havia estrada de marcha à ré.

— Mulher, aqui estamos a salvo. Uma coisa que fiz antes e não te contei: sempre que se pretende subir numa montanha há que pedir aos seus guardiães, os quais o transmitem aos espíritos, acalmando-os da presença de estranhos. Os espíritos nunca recusam. Se não cumpres com esse desígnio é a perdição.

— Marido, não será por isso que o teu bisavô morreu?

— O meu bisavô, mulher, subiu este cume embriagado, coisa que os espíritos não perdoaram, expulsaram-na da forma que conheces.

— Deixemos de falar do passado, por agora.

— É melhor. O passado está cheio de cicatrizes, que quanto mais as olhamos mostra mapas de feridas que ficaram por sarar.

— E que tal abrires uma estrada, daqui do cimo, até em baixo?

— Para quê?

— Marido, aqui no cimo não vejo ninguém da minha raça. Isso faz-me sentir estranha no mundo.

— E se abrirmos uma estrada o que acontecerá?

— Garanto-te que pelo menos teremos visitas do João das Neves, o meu patrício único. Ou de turistas lá das europas, ásias e américas.

— O problema é que tu desde que chegaste aqui nesta cabana estás a ficar míope. Há turistas que desafiam a altura, chegam até aqui ao cimo e tu nunca os vês.

— O problema, marido, é que só de olhar este cimo de baixo os pés cansam-se.

— Eu vou abrir a estrada, desde o antigo carreiro apagado pelo capim – depois mentiu. – Se a utilizares para descer, uma coisa advirto-te: vendi a casa.

— Como é que vendeste uma casa assombrada que não te custou nenhum suor?

— Mulher, eu vendi-a para restituir o suor e a dignidade do meu bisavô, por isso estou a construir este cemitério dos pássaros.

Maria de Lourdes Pintassilgo sabia que não valia a pena

insistir. O velho era obtuso. Pegou numa das relíquias daqueles álbuns e desatou a olhar para as fotos, como num exercício de cura da ociosidade. Ela adorava-as.
— Mulher, o que estás a ver?
— Estou a contemplar as fotos da tua bisavó. Era muito sensual ela.
— É por isso que sujeita o marido a estar sempre de caçadeira em punho e com o olho direito na luneta telescópica. O mínimo de deslize dela será o fim.
— Também as roupas que ela usa são uma forte matéria de publicidade: por detrás destes trajes há muita carne a apodrecer no corpo desta velha.
— Chega! Não me vais ofender, chamar a minha avó de velha leviana!
— Marido, falo apenas para ajudar o pobre do teu bisavô. Não vai ele passar a eternidade com a caçadeira em punho e o olho na luneta. Sei que há mais o que fazer na morte.
— Não conheci o meu bisavô em vida. Mas pelo que vejo foi chato e continua a sê-lo na eternidade. Está sempre a confrontar-me com o inventário dos bens móveis e imóveis.
— Todo o morto ciumento é egoísta até ao fim.
— O trabalho que ele ainda me vai dar! Trazer a tralha toda cá acima e depois arrumá-la num vestiário, como ele me tem imposto.

A velha vasculhou no álbum a que se voltava sempre, os retratos do patriarca dos Simplíssimos. Onde ele pousava com toda a elegância e pomposidade, vestido de casacos, fatos e gravata, calçados de luxo. Puro vaidoso.
— Marido, nunca vi vaidoso como o morto do teu bisavô. Está-se mesmo a ver, vaidoso dessa categoria, nunca o deixará de o ser. Compreendo porque sofres tanto com ele. Há dias, enquanto dormias, ouvi-te a embirrar forte com ele. Tu a expulsá-lo da nossa cabana.
— O morto apareceu a chantagear-me. Exigiu-me que lhe entregasse as roupas, do ano 1850, que eram dele: casacas, coletes

e calções, véstias. Vê lá tu, o vaidoso do velho, a cobrar-me um colete de tafetá de seda, com cetim de seda branco pérola, fascínios dos sótãos da antiga casa.

– E por que não lho entregas?"
– Eu lhe disse para aparecer de dia, e com respeito. Aí o vou entregar tudinho: trajes de gala, casaca de tecido de lã bordado com cordão e canutilho de metal dourado. São de criação exclusiva de um estilista francês. Tenho tudo amontoado para não ter que aturar vingançazinhas de mortos.

– Mas assim, aos berros, não se deve tratar os mortos.
– Eu comecei por falar-lhe de mansinho, mulher. E não é a primeira vez: de outra vez apareceu à madrugada a pedir-me que lhe desse uma sopinha.

– Tens a certeza de que era ele?
– Certeza certíssima e absoluta. Entre a vida e a morte há uma relação de vizinhança, paredes-meias que nos deixam escutar falas de um e outro lado e vice-versa.

– Pode ser que o morto do teu bisavô estivesse bêbado. Com os palitos que a mulher lhe tem posto, está-se mesmo a ver que a única cura é a bebedeira. A sopinha é um bom remédio para a lazeira.

9

Quando ficou pronto, o cemitério dos pássaros mais se pareceu a uma casa de recordações dos mortos. O esforço despendido a erguer o monumento endureceu não só a vida do casal, como o coração do Dazanana, que se queixava amiúde de ter dez hérnias na coluna, sujeita que ela tinha sido a carregar quase toda uma casa de baixo para cima.

— Mulher, nunca parecia que eu iria conseguir — rejubilou-se o homem, de contente.

— Marido, não há nada que tu não consigas — disse ela enquanto avivava o lume onde fervia a chaleira, e não era senão para lhe derreter o coração, deixá-lo leve como manteiga.

— É verdade. Olhando para a nossa história de amor, não te consegui de golpe.

— Marido, tu saíste-te ao teu bisavô. Mais que espécime de homem, mais teimoso que uma pedra!

— Só isso, mulher?

— Rígido que nem o ferro! Já viste o que é carregar mais de duas toneladas em relíquias, os quartos, os escritórios, as oficinas, as salas de meditação, a retrete; depois manteres-te de pé e leve como se tais coisas não fossem peso?

— O que eu trouxe de baixo não foi nenhum peso, mas a salvação da memória histórica. Salvar a história, seja onde for, impõe a liberdade de escolher ser livre ou sujeitar-se ao sacrifício — disse ele fazendo gestos com as mãos intensamente vagarosas, num apanágio que ultimamente lhe dominava.

— Marido, foi por isso mesmo que te aceitei! Tu és um homem de ir até à última consequência, bravíssimo, que por isso me rendi aos teus pés.

— Recordas-te de como foi a nossa primeira correspondência, mulher?
— Tu falavas dos meus cabelos dourados sem nunca antes tê-los visto. E na técnica apurada com que farejas, acabas por disparar para o escuro, e sempre acertas.
— Mulher, a nossa vida é só uma estrada sem marcha à ré. Não sei como nem onde acabará o chão em que caminhamos todos os dias.
— Confio em ti. Essa estrada que é a vida, tem selvas, pontes, e requer uma pontaria certeira no alvo a atingir, e tal não se faça a golpe de uma pedra, mas da palavra que se fará carne, fruto.
— Tenho receio das tuas previsões, mulher. Tu a jogar a roleta russa nunca falhas.
— Claro, porque o despojo dá a pontaria certa que dita a mudança do tempo.
— E se um de nós ficar sem o outro, que fazer?
— Não penses nisso, marido. O que poderá acontecer é eu ou tu nos transformarmos em pássaro. Logo, um cuidará do outro.

O chá ficou pronto. Ela serviu-o. Sabia que no fundo ele não receava ficar sozinho, mas o de ficar desprovido daquelas mãos que punham amor e vida em tudo que preparava. Compreendeu que ele precisava de sossego. Uma mentira doce como aquele chá, que o tranquilizasse:
— Eu continuarei a cozinhar para ti, marido, mesmo depois de morrer.
— Não creio. Suspeito que és uma mulher de gostos pervertidos.

* * *

Dazanana ainda se cruzou com das Neves, no supermercado da cidade, quando empurrava um carrinho de compra. Com uma grande *machamba*[5] lá no topo, não eram autossuficientes

---

[5] *machamba*: horta, pequena plantação; terreno agrícola para produção familiar, terra de cultivo.

de todo. Tinha lá ido por incumbência da mulher. O paladar dela sofria de saudades. Era essa a unidade de medida para as maçãs, as peras, as ameixas e as mandarinas. Tudo começou quando lá de cima ela se pôs a contemplar o vazio. Ele a tentar desmotiva-la, sem conseguir:

– Mulher, já viste como daqui em cima a cidade é uma nulidade?

– Marido, mas tu terás que lá ir para buscar um quilo de cada uma das saudades: para maçãs, peras, ameixas e mandarinas.

– Eu não entendo as unidades que utilizas.

– Às vezes tenho saudades de Portugal. As saudades curam-se sempre que comemos algo do lugar para onde voltamos em pensamentos.

Pois, das Neves viu o homem vestido de preto, todo soturno, empurrando o carrinho de compra atafulhado de saudades.

– Dazanana, meu bom compadre, bons olhos te vejam!

– Ó das Neves, não se fala do diabo!

– O que o traz de novo para cá?

– A Maria de Lourdes Pintassilgo está louca para voltar para as origens. As saudades dela pelas origens curam-se com frutos.

– Vamos celebrar este reencontro.

Foram os dois ao bar da Pensão Gurué. A celebração foi breve. Dazanana mostrou-se inquieto, pois de repente pensara que a sua demora poderia causar curiosidade a Pintassilgo, levando-a a espreitar cá em baixo, o abismo, e acabar por encontrar o mesmo destino que o bisavô.

– Já fica tarde. Tenho que voltar a casa.

– Ainda bem que te encontrei. Levar-te-ei lá acima e aproveito ver a Maria de Lourdes Pintassilgo.

– Em menos do que canta um galo, chegarei lá em cima.

Dazanana, que pareceu estranho, declinou a boleia. Carregado de sacos de compra, a coxear, seguiu pela rua, depois subiu o cume a pé. O coração sofria de aperto de saudades, pois não conseguiria separar-se dela por muito tempo. E mais do que isso trazia um forte aperto, uma mágoa, pois das Neves contara-lhe o que tinha sido o passado dela. Coincidindo com o que alguma vez ele suspeitara. Quando chegou na cabana era já fim da tarde. O sol alaranjado descia o vale. A mulher não estava. Pôs-se a olhar na direção do frouxo sol e de lá os seus pensamentos trouxeram-lhe a imagem do Magrinho, o distante vizinho. Este quase nunca vinha cá acima. Será que Pintassilgo fora ao encontro do homem? Será que ela, exausta de ser refém dos seus problemas, sumira? Pintassilgo tinha apenas quarenta e cinco anos. Será que se fartara dele?

Um mau presságio invadiu-o. Sentiu que em vez de ter levado algo da cidade, trouxera uma mão cheia de nada e outra de coisa nenhuma. À sua volta apenas se perscrutava sinais de maus presságios. Apesar de abalado, o seu coração rijo ainda escutava a vibrante trilha sonora dos pássaros.

* * *

É o coveiro que ainda conta a tragédia.

Dazanana pegou numa caçadeira. Por incrível que pareça, era como o bisavô. Tinha-a bem guardada. Lançou-se, às cegas, em perseguição do incauto atrevido que ele julgava lhe ter sequestrado a mulher. Desceu pelas ladeiras, pela estrada apagada pelo capim, atento aos sinais, atento ao mínimo movimento estranho, vezes sem conta acometido por uma ilusão ótica, que o levava a confundir obstáculos com formas humanas de alguém que se abraçava à mulher. As pupilas desencontradas, a reclamarem óculos. Colocava o olho atrás da luneta telescópica, na posição de disparar para matar o intruso e o vulto apurava-se. A dúvida dissipava-se, momentaneamente, para logo voltar a ver a mulher em toda a parte e em parte nenhuma. A cabeça inventava o protagonista daquele suposto ato trágico. Recordava-se do das Neves a oferecer-lhe Pau-de-Cabinda. O que ele mantinha certa insistência em não usá-lo. Para ele só podia ser o feiticeiro, com quem repartia a colina a meias. Foi descendo na direção da cabana do Magrinho. O céu começava a ficar escuro. Nascia a lua prateada e muito cheia, facilitando-lhe a visão. Chegado ao destino não estava lá ninguém, senão a copeira Maria Branca. Parou na varanda, de olhos para o rio. Ainda conseguiu ver a beleza da água que escorria em cataratas, numa cachoeira, depois mais a fundo, a terra verde, farta de coqueiros e chazeiros. O que o acalmou. Depois voltou a luta com os botões. Rapidamente serenou-se. Cantou uma canção, algo de encantar qualquer mulher, ora usando a caçadeira, ora usando a luneta como flauta. Em vez dela, as serpentes começaram a ficar hipnotizadas. Ele sem acreditar no mistério. Foi quando despertada pela curiosidade, a Maria de Lourdes Pintassilgo reapareceu, do breu espesso. Num gesto mecânico, para a não assustar, ele escondeu a caçadeira entre a palha seca e a foi iludindo mexendo os dedos como quem tocasse uma flauta. A mulher ganhou confiança e se lhe aproximou. Ele não lhe perguntou onde estava, não fosse com isso quebrar a confiança. Continuou a cantar durante toda a noite, até à aurora. Quando ele terminou, ela perguntou que mensagens trazia naquelas letras, ao que ele contou que o bisavô num momento de crise na vida conheceu uma mulher que reinava por aquelas terras. Ela tinha ouro desde os cabelos até aos pés, passando pelas mãos e braços. Ele começou por ser o servo dela. Ela tanto gostava dele, por nunca ter conhecido um homem que lhe fizesse as vontades, incluído aquecer-lhe as plantas dos pés nas noites frias de inverno, colocar bolsas de águas na cama, sem precisar de recorrer aos servos. O homem até lhe fazia perfumes com leite de cabras. Mas como ela era rica, sensual e bastante cortejada, não lhe podia garantir a fidelidade. O bisavô, que não era menos rico, sabia de cada vez que ela se metia com um homem, por um instinto e intuição natural, mesmo que ela fizesse as coisas sob grande secretismo. O que tanto atemorizava aquele homem é que ela tinha uma naja numa cesta de palha, cobra de que se sabe venenosa e capaz de matar de um só golpe. Todavia, Dazanana não acabou de contar a história, mesmo sob a insistência da mulher, que suspeitava ele estar-lhe a fazer um sarcasmo cínico. Mas o

homem lhe assegurou que aquela história tinha sido real e que se ela tivesse dúvidas que fosse perguntar ao feiticeiro Magrinho.
– Jura lá que é verdade, marido!
– Juro por todos os pássaros dos céus e da terra!
– Palavra?
– Palavra de *ouro*!
Foram deitar-se. Ela sem acreditar na calma do homem. No dia seguinte, mal acordaram, ela pediu que terminasse a história. Ele prometeu que a completaria com tempo, naquela sua mania conhecida de dar a volta aos fatos. O que a deixou muito ansiosa. Ela sem desprender da casa, para animá-lo.
Mas ele nunca a terminou.
Quando Dazanana foi às suas lides de costume, a esposa pôs-se à janela, mesmo depois de lhe garantir que daí a pouco sairia para a *machamba*, para cuidar da horta. Era tão hipócrita que fingia que a ausência do esposo a deixava insatisfeita. A janela tinha cobertura de madeira. E quem lá apareceu pelos bicos dos pés, aos saltos que nem um pombo?
O mirabolante feiticeiro Magrinho.

10

O feiticeiro Magrinho era um falador nato. De fala mansa, tanto falava que se acreditava nele sem causar nenhumas dúvidas. Todavia, alguns pensamentos e ações escondia-os ele atrás de uma nuvem de fumo. Saber-se-á com que paus ele se coze atrás da cortina de fumo a que ninguém tinha acesso?

Dazanana já começara a desconfia dele, mas depois que viu a Dezoitentina na cabana do Magrinho deu benefício de dúvidas. Desistiu da ideia de se colocar numa esquina a sondar, como no dia anterior jurara fazer. Mas o feiticeiro tinha lá a sua sorrateira forma de fazer as coisas. Não se fazia à janela sem antes ter a certeza de que Dazanana estivesse a mil léguas da cabana. Primeiro esquadrinhava o cemitério, situava o Dazanana, numa medida de precaução, encoberta com uma cortina intransponível, aquilo que ele, feito de visitante, ia lá fazer. O feiticeiro sabia como lhe criar sensações e ilusões.

Dazanana suspeitava que os peregrinos e os sem abrigo andassem a arrastar as asas pela colina. A princípio a segurança do lar estava garantida, contanto que Dazanana confiava da benevolência e solidariedade dos mortos. Mas a teimosia de querer mudar o mundo e de ter a sensação de que estava no meio de gente feliz iria acabar numa tragédia de proporções que ele nem sequer sonhara.

Nos tempos que se seguiram a convivência do lar voltou a ser salutar. Embora com altos e baixos, a tensão com o Magrinho nunca voltou a ser como dantes.

Um dia, chegou de Lisboa a meia-irmã de Maria de Lourdes Pintassilgo. Subiu até ao cume, ajudada pelo feiticeiro, que lhe mostrou a estrada aberta pelo cunhado. As duas meias-irmãs voltaram a descer pela mesma estrada, no dia seguinte, pois

pretendiam melhorar a vazia despensa. A loja era a mesma onde Dazanana gostava de fazer as suas aquisições. Pintassilgo já esquecera como proceder num supermercado, mas a visitante lhe sossegou que deixasse tudo com ela. A caminho da loja, a visitante ainda comentou que Magrinho lhe fizera olhinhos:
— Parece que gosta de mulheres solteiras como eu.
Porém, Pintassilgo troçou:
— Este feiticeiro só falta usar saias.
— Pois, no lugar onde escolheu construir a casa, parece que anda a fugir das mulheres – disse Aguadura.
Riram-se. Puseram uma pedra no assunto, não fossem com tal despertar a ira do Papagaio. Houve uma pausa. Depois, Pintassilgo recordou:
— Temos de trazer cinco quilos de saudades de fruta e dois de saudades de legumes ótimos, todos os produtos de higiene e pão de sésamo – e acrescentou: – Mas prepara-te! Temos que ter forças e músculos para subir com os sacos plásticos de compras às mãos.
A visitante experimentava pela primeira vez o entusiasmo de um ambiente estranho, com toda a gente muito pobre e sorridente. Alguns gostavam de estar ali a empurrar o carrinho de compras, sem nada levarem, mais por lazer de estarem a fingir comprar algo; outros amealhavam como carregadores profissionais. Na loja aconteciam cenas caricatas, como acidentes de carrinhos de compras, ao que reagiam com um "não tem problema". Naquele sábado, Pintassilgo constatou que a sua disposição não podia ser mais exata para trepar o monte carregada daquela tralha, e não viu senão na contingência de solicitar ajuda ao feiticeiro. O que a irmã não aceitou, pois Papagaio poderia encrencar com as duas.
Regressavam à casa agora, com os pés a namorarem o chão onde havia meia dúzia de vacas, encavalitadas numa encosta, de frente para o ribeiro e a uma curta caminhada das cascatas, espantadas como se escutassem de novo a conversa das duas.

Era aqui que estava a casa do feiticeiro. De repente, de uma barca saltou um emascarado, crê-se um homem, que as sequestrou. As duas mulheres, impotentes, não ofereceram resistência.

A barca partiu. O vento arrulhava na popa da embarcação. Ao longe as águas esculpiam as pedras. O casco.

Mas lá foi o feiticeiro ao cimo contar ao Dazanana que elas tinham sido sequestradas por um crocodilo. E pediu uma certa soma para ajudar no resgate. Ao que Dazanana declinou, por suspeitar que estava a ser vítima de chantagem do feiticeiro, por tanto que ele lhes fez, sem ser pago.

Dazanana desceu ao ribeiro a correr, correndo o risco de sucumbir aos crocodilos. Começou a cantar, tocando os dedos como se manejasse uma flauta:

– Vem a mim do leito deste rio, minha esposa, vem a mim do fundo onde te fazem refém; olham-te os magos entre as nuvens e desde o cume destes montes Namuli, desde o cume de Bué Maria e desta vasta terra, desde as moradas dos leões, desde os montes dos leopardos. Favos de mel manam dos teus lábios, minha esposa! Mel e leite estão debaixo da tua língua, e o cheiro das tuas vestes é o cheiro das romãs que espanta as cobras. És a fonte dos jardins, poço das águas vivas, que correm por todas estas cascatas! De ti sou escravo.

Enquanto isto, o raptor praticava. Falava com os crocodilos e peixes. Ainda assim, ficou hipnotizado e, incapaz de mover os braços, soltou as duas sequestradas.

Desde esse dia Dazanana passou a crer que tinha poderes mágicos e que jamais cairia nas graças do feiticeiro.

* * *

Do sopé, onde se começa a subir a colina, Dazanana construiu a Vila Paraíso. Há aqui uma placa onde se lê: "Cemitério dos Pássaros". O lugar não é acessível a todos. "Se vens visitar os mortos convertidos em pássaros, antes deixa uma ajudinha com o Magrinho; só depois pode entrar", anuncia uma chapa pespegada a um poste de pinheiro. Mais adiante, no fim de um caminho de terra e pedras dominado por giesteiras, grauvaques, usgas, xitos, rosmaninhos e estevas, há uma cancela de ferro com mais uma mensagem inscrita no metal: "Se não fossem os pássaros seríamos habitantes de nenhures".

Quando subiam os três a colina em direção à palhota, Maria de Lourdes Pintassilgo recordou-se que Dazanana ficara por terminar uma certa história:

– Marido, no outro dia não me disseste quem era a mulher que tinha poderes sobre o teu bisavô.

– Mulher, era aquela que foi e é a esposa dele ainda hoje.

Quando o casal já dormia, na cabana, Dazanana contou à esposa que não atendeu a proposta do feiticeiro porque tinha sido ele a montar aquela trama. Os dois estavam na cama, quando Maria de Lourdes Pintassilgo lhe disse que tinha algo a contar sobre o dia em que ocorreu o primeiro incidente. Dazanana tinha a plena convicção de que a mulher o enganara com o feiticeiro. Afirmou que a não queria ouvir. Ela implorou que a ouvisse, mas para Dazanana era certo que ela não lhe era de todo fiel, por causa daquele passado que das Neves lhe contara, tinha sido a vida dela em Portugal.

– No dia do meu primeiro sumiço, a copeira Dezoitentina chegou à nossa palhota, disse-me que estava na ladeira ribeirinha uma mulher com ouro de Manica, Chidima, Dande e Butua, até aos pés. E que a mulher, que era a esposa do teu bisavô, lá me esperava, de modo que me tinha que vestir depressa e fazer-me ao local. Estava lá uma mulher com ouro não muito considerável, com pulseiras nas mãos e nos pés, brincos nos ouvidos e nos dedos. Ela levava um bordão e chapéu de palha, que parecia uma rainha.

– Mas tu nem sequer articulaste comigo, mulher.

– Pois, marido, foste tu mesmo que disseste que o Magrinho era o protocolo, o mensageiro que intercede entre o mundo do aqui e do além.

— E o que foi que confirmaste?

— Era mesmo a mulher, a tua bisavó, que está no álbum principal. Que gira é ela! O sol brilhava com todo o esplendor à volta do corpo dela; os feixes nos irradiavam como se nos abençoasse, como se nos resgatasse de um mundo prestes a acabar. Parecia uma deusa, uma figura divinal.

— Alguma coisa para duvidar em relação ao Magrinho? — perguntou o homem, agora muito condescendente.

— Não, mas fiquei a dever-lhe dinheiro; mil meticais.

— Em definitivo, dinheiro é o que ele quer; Foi por isso que ele inventou o rapto! Mas já paguei tanto dinheiro a esse cabrão de feiticeiro!

— Não o chame assim, senão os céus ainda nos castigam — apelou Pintassilgo, suspeitando que o marido lhe estava a faltar com a verdade.

Os dois olharam-se olho no olho. A mulher sentiu algo um impulso, como se ele a penetrasse com intensidade, depois de muitos anos de jejum. Pensou que ele a iria desejar, e quando aquela lhe pegou pelos dedos, Dazanana a repeliu.

— Marido, não entendo por que vivemos como irmãos.

— Mulher, não se faz amor no cemitério. Fazer amor no cemitério é correr o risco de sofrer expiação dos mortos; os mortos não terão complacência de te excisar o sexo, e muito menos no meu caso, de decepar-me o membro.

— Aquela mulher, que irradiava uma presença física e uma imponência jamais vista, me pareceu dona dos *tandos*[6], dos prados, dona do ar que respirávamos, dona da água do rio, dona dos insetos, das formigas e dos grilos que se renderam com espanto aos seus pés, das borboletas que voavam, aquela mulher, disse-me o Magrinho, costumava dar serões e festas de categoria, que se prolongavam por semanas, até meses, anos, com visitantes e convidados, de perder a conta, vindo de Quiloa, de

---

[6] tando: local de reunião de pessoas; acampamento.

Sofala e Mogadício, de Mombaça e das Índias, de Timor e do Brasil, que se prostravam em mesas extensas, de perder a vista na paisagem, com belos candelabros adornados pelos seus servos e que faziam da noite dia, também não isentos de serem cortejados por ela. Ela, de miçangas e joalharias, exibia o seu imerso harém masculino, entre os quais o teu bisavô, que se humilhava aos pés dela, com uma flauta lhe cantava:

"Se ouvirdes a voz do vento em ascensão,
se ouvirdes a voz do mundo
ouço uma canção, a canção é Glória,
o sol absoluto do mundo é Glória;
a voz dos prados, dos tandos e que se escuta pela vasta
terra desde Cabo até Alexandria é Glória,
a voz que se escuta nas catacumbas,
onde ninguém pode ouvir nem tem tempo, é Glória."

Maria de Lourdes Pintassilgo prosseguiu a sua narração:
– Marido, só assim, depois de muitas voltas no tempo, de percorrer o mundo, soube que a tua bisavó era uma das donas dos prazos da Zambézia e que o teu bisavô era um *muzungo*[7], descendente de portugueses.
– Faz favor, mulher, guarda bem essa história suja: o meu passado é um pano com nódoa.
– Não a vou guardar. Agora sei muito bem, o teu bisavô, um branco, chulo e encavalitado por uma senhora negra, até na morte.
– Pois sim.
– Quem rouba carícias e não pode ser feliz contenta-se com o ser escravo da mentira por toda a vida.

---

[7] **muzungo**: homem branco; português.

11

A visitante Aguadura ouviu toda a romaria, impressionada, mas o que não compreendeu foram as preces da meia-irmã, a pedir que o marido a possuísse naquele cemitério dos pássaros. E não entendeu por que aquela, quase de joelhos, se humilhava tanto diante de um homem. A ela pareceu que Pintassilgo estava em tirocínio de despertar espiritual, num mosteiro budista nepalês. Na manhã seguinte, no pequeno-almoço a sós, as duas discutiram o assunto, ao que Pintassilgo lhe explicou que a sua nova vida preconiza a transcendência do ego, a bem da evolução da consciência e da união com tudo e todos os que os rodeavam, naquele cemitério dos pássaros.

No mesmo dia chegava mais uma turista, a Odemira, enquanto a meia-irmã da Pintassilgo fazia trabalho "voluntário" nas hortas. Saíra do Ribatejo sete anos antes e andava pelo mundo a trabalhar em restauração e agricultura biológica.

– O que eu gostava de fazer é fixar-me tal como vocês o fizeram neste cemitério de pássaros, ouvir a trilha dos passarinhos de manhã, à tarde e à noite – contou a turista.

– Essa comunidade de plantas, árvores, seres humanos e a terra tornou-se a minha inseparável família – disse Pintassilgo. – Sinto-me feliz por poder ajudar na edificação do primeiro cemitério dos pássaros neste país – afirmou com uma certa doçura cândida na voz. – Antes perdi tudo para aceitar com pacifismo esta nova vida.

– Há gente que vive como vocês?

– Se há gente a viver como nós aqui no cemitério dos pássaros essa gente então chama-se esses maravilhosos pássaros, borboletas e mariposas!

— E por que assim o dizes?

— Um cemitério dos pássaros com flores cheirosas e vistosas é dos melhores lugares de encantamento à face do mundo, mais próximo da mãe natureza, mais próximo dos deuses invencíveis; mais próximo ainda da perfeição do ser humano. De tanto vivermos como os pássaros, passamos a ouvi-los e a falar a língua deles.

* * *

Dazanana era miúdo, quando numa manhã de céu límpido, o tio paterno, Francisco Barreto e Silva de Araújo Lacerda Simplíssimo, o levou para ver a Dona Ana, a maior ponte em extensão, que perpassa o Rio Zambeze, cerca de quatro quilômetros, entre a localidade de Sena e o distrito de Mutarara, naquelas terras. Assim o coveiro começava mais um capítulo da biografia, pela boca do agoniado Papagaio.

O na altura pequeno Dazanana, maravilhado, pensara que a maior prenda por que ele tinha interesse, na vida, era conhecer a tal da avó Dona Ana, anunciada pelo avô, mas à chegada ao local ficou extasiado com a extensão da ponte, de dimensão colossal, que o deixara mareado, quase a cair redondo e desamparado no chão. Dazanana pensara que iria meter-se pelos carreiros e dirigir-se até a uma casa colonial e de imensas dimensões, quando o avô lhe assinalou a ponte:

— Neto meu, ali está a Dona Ana, a minha mãe, filha legítima daquele teu desgraçado bisavô, a quem as amizades o tratavam por Totonho, condenado a viver a eternidade, de caçadeira na mão e luneta telescópica para atirar contra o mais ousado rival.

— Mas não a vejo, avô! Esse Totonho era mesmo um sacana!

— Era? Ainda hoje continua, e é mais do que uma escumalha! – exclamou Francisco Barreto e Silva de Araújo Lacerda Simplíssimo, que era o Pardal na árvore genealógica esboçada com minúcia por Papagaio.

Sentaram-se numa pedra e continuaram a conversa. O pardal, visivelmente amargurado, insistiu, assinalado com o dedo índice, para aquela ponte de estrutura metálica, e com um nervosismo intenso na *pardalosa* voz desabafou:
– Lá está a tua avó, a filha daquele chifrado.
– Mas eu não vejo ninguém senão uma ponte.
– Desculpa, meu neto. Estava era falando alto.
– Pois, vejo.
Pardal tentou contornar o assunto, mas o neto pescara a ponta da conversa, que escorregara como saliva, pelo canto da boca e a trouxe à tona.
– E que fazia o chifrado?
– Vida incerta... – simplificou o Pardal. – A vida sempre teve histórias tristes e alegres. A história triste do chifrado já a conheces. A alegre, apesar de tudo, foi que desta desgraçada que aqui está imóvel nasci eu e mais outras doze ou treze crias, que por sua vez iriam nascer tu e os demais.
– Avô Pardal, e que mal fez a minha avó Dona Ana?
– A tua avó Dona Ana, meu neto, que Deus a tenha! Era mulher de contatos esporádicos com grandes senhores que aqui demandaram, os *muzungos* e os ingleses, não seja por isso e fatos que conheces de sobra, que nascemos mestiços pardos e filhos de pais incógnitos; Dona Ana é quem incentivou a mestiçagem cá por estas terras. Foi grande anfitriã de visitantes, que para a honrarem à ponte atribuíram o nome dela: Dona Ana! A perfeita hospedeira dos soldados do Forte de Sena, que aqui estavam de armas sem gatilhos; soldados mal pagos que encontravam nela e noutras mulheres locais, famosas pela hipertrofia dos lábios maiores vaginais, vulgo *matinges*, quais almofadas que os iludiam nas carícias, convictos que os ajudavam a superar o medo e as investidas dos ataques dos negros das sanzalas, reincidentes a não pagar o tributo *mussoco*.

– Avô, não te enraives com uma morta! Acalma-te! Cada um vive a sua vida como quiser. Ninguém é dono de ninguém. Dona Ana, como se vê, era dona do seu nariz. O que ela fez foi só passar espumas e esponjas pelos viajantes, como diz o nome: esporeadíssimas.

Pardal limpou mecanicamente a saliva com um lenço de bolso e levou o neto pela mão:

– Vamos, Dazananazinho!

– Vamos ver a avozinha?

– Vamos mas é depressa ao cemitério onde ela está esquecida, e faz muito bem, para limpar a vergonha, antes que alguém, um apaixonado dela se lembre e lhe sequestre o corpo.

– De corpo só deve ter o esqueleto.

– Ah! Chamavam Colibri a essa indomável criatura. Contam as lendas que era muito gira. Mesmo em esqueleto, creio que não falta vontade a algum louco de vandalizar-lhe a tumba para deitar-se com aquela nobreza.

– Mas o que o avô detesta naquela nobreza, um título que ao tempo em que se retrata, um punhado de negras o receberam?

– O que detesto nela é o défice de visão. Amou um homem casado por vaidade, deu filhos bastardos, e hoje toda a gente passa pela ponte que leva o seu nome e ninguém tem o mínimo de curiosidade pela biografia da mulher. Para andar numa ponte pisa-se em seu chão; e é nela mas é que pisam – disse o Pardal, ao mesmo tempo que escarrava saliva ao chão, mesmo ao lado dos peixes pende que secavam ao sol. – Vamos andando, meu neto, que já se faz noite! Ainda bem que o pessoal que frequenta o jardim onde a sepultaram nada sabe daquela desgraçada!

– Em todo o lado é assim: quando andamos pisamos o chão; e o chão sempre foi dos mortos – rematou o neto.

Esta história chegou a Dazanana como que por corta-mato. Contaria ele a Maria de Lourdes Pintassilgo. Mais tarde, esta pegaria em um álbum de fotografias da Dona Ana e contemplaria, a elegante Colibri da família Simplíssimo, tão espalhafatosa, trajada de vestido de tecido cambaia de algodão branco bordado a ponto de pé-de-flor, cheio e com crivos, formando motivos florais e vegetalistas. Ficou deslumbrada com o que os seus olhos viam. Antes de lhe contar essa história, Dazanana ponderou bastante, não fosse manchá-la da forma como o avô a descreveu. Terá sido para aclarar o cinzentismo da biografia que ele andava a preparar, que Dazanana reconheceu as suas limitações em matéria de visões. Consultou-se ao feiticeiro Magrinho. Este jogou os ossos divinatórios no chão. Depois que entrou em transe, recolheu-os do tecido de papolina em que se tumbavam:

– Sei o que te traz por cá. Queres saber da biografia da tua avó, a Dona Ana Cativa. Atenção: o apelido é só uma sátira! Ela só foi cativa onde se deixou amar; onde quis que a prendessem. Teve muitos apaixonados, entre os quais bêbados, românticos, surrões, escravos, e como uma ninfa e namoradeira, não desdenhava as práticas incestuosas com homens da família, deitou-se com tantos, até de se lhe perder a conta, ultrapassando os dedos das mãos e dos pés.

– E não casou?

– Todas as donas, como a Glória, eram mulheres de famílias e educadas nos melhores princípios da nobreza e da sociedade da altura, mas sofriam da fraqueza da carne, pois naquele mundo de machões as cabras estavam sempre em cio. Mesmo após ter sido casada, a Dona Ana, que tinha terras muito vastas, de se perder de vista, como o mar, despedia o seu homem com a justificação de que tinha que transpor o rio à outra margem, acesso esse que fazia de barco; quando a acariciavam ela fingia que se delirava perante a cristalinidade das águas do Zambeze. Os porteiros do cais ficavam postados de binóculos, a vê-la até sumir, ela, no vapor que sulcava as águas preguiçosas, durante horas aos beijos e em lascívia com a galera de criados e amantes. Durante vinte e um dias e vinte e uma noites, tempo requerido para percorrer as suas terras, ela não voltava, trocava de companhias, tanto que depois ninguém sabia com quem ela estava.

– Será que não tinham outro nome para dar àquela ponte? – um condescendente Dazanana perguntou ao feiticeiro.

– Dona Ana tinha muito dinheiro. Nunca quis casar-se, mas fê-lo por conveniência da época, e tal como se diz: para manter as aparências. Era riquíssima que pagava a seus amos, escravos e chulos. Destes últimos ela pedia absoluto silêncio, não fossem destruir o seu lar. Destes últimos, ainda, ela pedia olhares, e que lhe lambessem os pés, a planta dos pés, e na grande casa em que morava, lá pelo Sena, punha-os todos sentados e pregava sobre a sua boa moral e costumes. E só foi por obras dos seus bons cortesãos que o seu nome chegou ao estandarte. Quando batizaram a ponte com o nome dela, alguns ainda a tentaram desmistificar. Tomaram-nos por errôneos e invejosos algozes, por isso o nome mantém-se incólume, que ninguém jamais conseguirá apagar, por todo o sempre. Mas o que a tornou inesquecível foi a sua boda, que durou um mês. Havia um sultão de uma das ilhas índicas, Ibn Ussein, um convidado à referida boda, que rendendo aos encantos dela, teve o logro de improvisar uma ponte juntando um milhão de botes, *pangaios*, que dispostos paralelamente de uma margem a outra do Rio Zambeze, com barrotes de um canto a outro, como pavimento, lhe serviu de passadeira e às suas mais de quinhentas bailarinas, habilidosas na dança de ventre. Do outro lado, estava a magnificente casa da Dona Ana, avarandada, com amplos jardins e salas. A escadaria era de mármore dourada. Reluzia ao sol daquela tarde. Ela não resistiu ao charme do sultão, que a cortejou, e a possuiu, nem a boda tinha terminado.

Dona Ana estava sentada à mesa, tendo ao lado o noivo. Percorreu o tapete vermelho. Abriu caminho através da turba dos convidados e se enroscou nos ombros do seu assediante. Ali mesmo, perante a multidão estupefata de convidados e gentios, o beijou, e recebeu do cortejante uma saqueta com ouro de Manica, após o que a entregou a um dos homens do séquito que tinha na cauda.

– Magrinho, dá-me vontade de apear aquela ponte. Sempre que falam das mulheres da minha família pincelam-nas com adjetivos, desde as mais promíscuas até ciosas. Eu estou a construir esse cemitério dos pássaros para deixar uma história limpinha como a água do rio, mas lá estás tu agora a sujar o quadro de um belo passado que estou a erguer.

– Não sou eu quem suja o teu passado, mas assim ele já o é. Quando o passado de alguém é sujo torna-se impossível branqueá-lo. Nem com lixívia a nódoa não sai. Fica lá como parte do pano.

12

— Ora vem cá, vem comigo — o feiticeiro pediu ao cliente, e, sem esperar pela aceitação deste, arrastou-o, levando-o pela mão direita, até a um ponto desconhecido, um pouco abaixo, mas perto do ponto onde estava estabelecida a Vila Paraíso. O local, ondeado por montes e vales, donde se via ao longe aves a esvoaçarem como formigas, parecia um jardim botânico, com milhares de flores que se desabrochavam: biotas, polipódios, brincos-de-princesa, brincos-de-noivas, açucenas, tílias, tulipas, rosas brancas, amarelas e vermelhas, beijos-da-mulata, entre outras. Dazanana seguiu-o, a coxear, o pé manco teimoso, a caminhar mais depressa que o pé saudável. Alcançaram um edifício de uma arquitetura invejável, escondido entre frondosas árvores. Estava abandonado, mas conservava todas as aparências, móveis, camarins, sofás, cortinados e uma carruagem de tração a cavalo. A pintura parecia recente. O edifício estava pintado de um amarelo dourado, a porta de um verde fluorescente. O cicerone apontou com o dedo índice para uma sala que mantinha um asseio incrível, um livro de conservatória civil, esferográfica de pena de animal, cadeira rendada, após o que contou:

— Este imóvel chama-se Casa das Noivas. Foi construída especialmente para a boda da Dona Ana Cativa com o comendador Dom Augusto Sobral Pinheiro Coelho.

Dazanana ganhou curiosidade, e quando girou a maçaneta para abrir a porta, aquela cedeu e ele ficou com a mesma na mão. Quando o feiticeiro forçou a porta para que entrassem a mesma caiu-lhe na mão. Dazanana deixou o manípulo no chão. O feiticeiro pousou a porta no chão.

— Esta casa em vez de chamar-se a Casas das Noivas, dever-se-ia chamar a Casa das Asas; pois tudo que pegamos cai, voa. Ou almas a murmurar.

Era o Dazanana.

Avançaram. Ao primeiro passo o chão de madeira carcomida por insetos sumiu, liquefez-se. E com esse golpe todas as peças desmoronaram-se, uma a seguir a outra, enfarinhando-se ao chão.

— Trouxe-te para este edifício em que tudo se enfarela a cada gesto e passos nossos, era para veres como é antiga a decadente a história que te estou a desvendar. Quando as coisas mostram essa decadência e se desmoronam sem aviso prévio é porque as faturas do passado não se corrigem com talas e muito menos com adesivo, sob o risco de o buraco que pretendemos ocultar mostrar-se desrespeitoso para com a nossa causa.

— E quantos anos tinha a minha avó Dona Ana, quando aqui se casou?

— Dezoito. Era virgem e de peito rebitado. Usava uma armação de ancas e espartilhos. Trajava um vestido em tons suaves e ornamentados, com uma profusão de rendas, folhos e fitas. Estes adereços lhe conferiram aparente maturidade, quando ela devia ter para aí quinze anos, ainda mal feitos.

— E por que é que uma mulher nascida nos trópicos africanos precisava de usar armação de ancas, se já as têm naturalmente maiores e salientes?

— O noivo pretendera que nas fotos ela sobressaísse com nádegas maiores que a da vênus hotentote, uma jovem que à época correra o mundo europeu; exibira-se no Grande Circo Europeu, pela proeminência dos seus órgãos.

— Que desgraça!

— Na época, pelo carreiro que começava desde aqui no cimo até em baixo, levaram a Dona Ana a passear até ao largo da praça da administração do Gurué. O noivo, vaidoso, perfumara as ruas, convidara a filarmônica de Lisboa para tocar, nessa que foi a Casa das Noivas, que construíra muito à propósito e a banhara de ouro com dinheiro fruto das colheitas de gergelim e palma, a sonhar que posto o cerimonial que correra como manchete pelo império, mais ganharia dinheiro levando a mulher a exibir-se por Londres, Amsterdã, mas Dona Ana com toda autoestima o mandou passear.

– E onde está o ouro das paredes que não vejo?
– Ficou tudo com Dona Glória e o marido. Aquela toda relíquia que denominas tralha, o que trouxeste cá acima, para o cemitério dos pássaros, caso de acessórios de *toilette*, binóculos, porta-cartões, bolsas, luvas, estojos de costura, sombrinhas, leques, chapéus, botins, charuteira, caixa de música, boquilha de cigarro, máquina fotográfica, cinta que adelgaçava Dona Glória em "S", custou muito dinheiro ao noivo, que os comprara em Paris, depois de contrair crédito que nunca pagou, a pensar que em lucros faturaria o quíntuplo dos gastos, o que para a sua desgraça, o deixara arruinado, porque Dona Ana, aquela assanhada, acostumada a oferecer algo a seus marionetes, nem um tostão lhe deu, até ele morrer de melancolia e de uma cirrose, que o deixou paraplégico e feito um brinquedo de carrinho de mão, para ela.

De repente, o feiticeiro, que era também um adivinho nato, convidou o seguidor a sair rapidamente daquela espelunca.

– O que se passa, Magrinho?
– Esta casa tem espíritos da Dona Glória e do excêntrico Dom Antônio de Araújo Lacerda Simplíssimo. Estou a ouvi-los a barulharem. A mulher está a cobrar ao homem toda a quinquilharia, brincos de ouro, louça e tapeçaria orientais, que este dissipou em ofertas às damas ciosas das roças de chá.

– Vou te dizer, Magrinho: aqueles dois mortos, sempre se pegando, ainda se matam lá no auspício! O velho é autoritário e

não tem quem lhe acalme os nervos.
– Vamos embora, antes que tudo sobre para nós.
– E estou a ver o velho com os olhos na mira da luneta telescópica. Vamos depressa, antes que salte a pontaria e apanhemos das balas perdidas!
– E tu um cabrão de bisneto cobarde, a fugir, nem te dignas a acudi-los – era o Magrinho.
– Eu não creio na pontaria do meu bisavô. Há muito que ele vem desacertando no alvo, por causa dos seus danados ciúmes.
– E se a bala te apanha a ti, pelo menos não será um desacertado de todo.

Os dois puseram-se em pressas, acelerando os pés entre os arbustos, o Dazanana a carregar o pé aleijado com a mão, enquanto se recordava em detalhes, do que nunca viu, mas imaginava, de ter sido aquela Casa das Noivas.
– O que estás a dizer não é nada! Eu ainda te digo mais. Nesta Casa das Noivas casaram-se os maiores nobres do mundo lusófono: as donas dos prazos deste vasto Zambeze, as *sinhás* brasileiras com os seus escravocratas, depois os reis persas com as suas princesas, os fenícios ricos com as suas esplêndidas damas, os sultãos árabes e das ilhas deste emerso Índico com as suas concubinas, ilustres personalidades da coroa e da Índia portuguesa de Goa, Damão, Macau e Diu.

Continuaram a conversa sem fim. O adivinho a repetir:
– Eu ainda te digo mais!

13

Papagaio, astuto como era, não cedeu abrigo ao coveiro, para que este não conhecesse a intimidade do cemitério dos pássaros. Naquela manhã de domingo os dois tinham combinado de se encontrarem, mais próximo do meio-dia. Antes Papagaio iria à missa. Assim, tinha tempo de preparar o coração e a alma para o seu enterro, que ele augurava estar muito próximo.

O coveiro atravessou a cancela e entrou depois de atravessar a Vila Paraíso. Maravilhado com a beleza das construções mais recentes cá em baixo, como a pousada dos hóspedes, encheu-se de fôlego, que lhe ajudara a enfrentar a subida. Quando deixou para trás as casas brancas da Vila Paraíso, ocorreu-lhe que a colina estava a cair por cima dele. Cambaleou e depois equilibrou-se. A falar consigo mesmo, lançou uma infâmia contra os parceiros do ofício:

– Estou bêbado, mas não conheço no nosso mundo um coveiro que não seja bêbado. Se não bebe fuma soruma[8], se não fuma soruma há de gostar de mulher que é uma luxuriante substância alucinógena.

Era magro, que sentiu o vento lá das alturas a empurrarem-no para o chão, mas resistiu e ganhou a compostura de um homem que vence tudo. Já deixara muito para trás a Dezointentina, moça de uns peitozinhos que começavam a furar a blusa, que se mete amiúde com ele, segundo pensa, por falta da atenção do feiticeiro. Passou pelo sítio onde estava estabelecido o cemitério dos pássaros, com uma muralha à volta, e não viu o Dazanana. Já passara um pouco da hora combinada, por culpa daquela subida lenta, mais ainda devido ao seu estado ébrio. Ganhou susto ao ver que

---

[8] **soruma**: droga obtida a partir da planta africana (cannabis sativa), utilizada para fumar, com propriedades entorpecentes.

este nem estava perto do jazigo de cinquenta centímetros por metro e meio de cumprimento. Era aqui onde ele gostava de sentar-se à espera do enterro.

    Será que se atirara do cume, como fizera o bisavô? Limpou o oceano do suor que lhe escorria pelas axilas e coxas. Ganhou coragem e violou o pacto. Pé ante pé, dirigiu-se ao até à palhota do Dazanana. Para o seu espanto, viu uma mulher a lavar uns molhos de legumes em cima de uma pia de lava-louça improvisada de estacas. Não podia ser parente nem esposa do Dazanana, pois este lhe dissera que vivia só naquele pico.

    – Que faz aqui a senhora? Turismo? – perguntou-a.

    – Sou a mulher dele. E tu és o coveiro, pelos vistos.

    – ...mas ele me disse que a senhora morreu?

    – De cada vez que o meu marido apanha febre de quarenta graus, mata-me.

    O pequeno coveiro riu-se. Fez uma pausa. Não disse nada. Ela continuou, como quem corrige um vômito que já está no chão:

    – Quando ele o disse, eu não devia fazer parte deste mundo. Doente, tinha perdido a sensibilidade, nem respirava. O meu coração deixara de *tictactear*, sem aviso prévio, no momento a seguir a morte do meu neto?

    – Que se passa nesta família que morrem todos, como se morrer fosse ir dar um passeio na praia?

    – Vou lhe dizer uma coisa: a morte é contagiosa. Ouves pela primeira vez falar da morte e depois nunca mais ela te solta.

    – E onde está o Dazanana?

    – Pegou novas febres. Quando me fala me diz que desta vez só sairá da cama para a cova, no cemitério dos pássaros, para conferir as presenças. Receia que nem eu nem tu nos façamos presentes no seu enterro.

    – Supondo que ele morra, o feiticeiro, o padre e a Dezointentina hão de cá vir, para fazer a vela.

– Para ser franca, ele hoje nem foi a missa. Deixou o padre a fazê-la sozinho. Não saiu de casa porque anda cismado que o feiticeiro frequenta a nossa palhota na ausência dele.

– Que se passa para tanta desconfiança?

– As febres quando lhe sobem o deixam desesperadamente enciumado. Nada a fazer. Não vê que até me tem por morta.

– Deve ser do sangue.

– E vocês não têm mais gente do vosso mundo, pelos vistos.

– Tu viste bem o cemitério dos pássaros, aqui no morro. Gente da família hoje não são só pessoas, mas também animais de estimação. Estamos aqui para ficarmos mais próximos dos nossos parentes pássaros.

– E têm notícias dos vossos filhos mortos?

– Notícias de cinco de meus filhos, sim; de outros cinco nem poeirinha chega ao meu ouvido, nem frangalho de poeirinha vai da minha boca para outros ouvidos. Filhos são como o pão: tu os amassas, deixa-lhes um tempo a levedar; cozes-lhes ao forno. Quando os tiras da cozedura, cada um procura seu caminho, bocas alheias, sem nunca olharem para trás, nem mesmo se dão a recordar o bacio onde começou a sua história.

– Pois, dos teus outros cinco filhos sei um pouco de tudo, através de uma confidência do pai. Levam a morte muito ocupados. Arranjaram com que se ocupar lá na morte, para não se dedicarem ao ócio, a maçar Deus. O Alcibíades Tristão e o Fortunato Contente, passam o tempo a viajar. Vão a terras muito distantes à busca de riquezas. Saíram aos avôs e bisavôs. Sempre à busca de uma oportunidade para se enriquecerem. E claro, vão praticando pequenas misérias para acumular o capital, pois nenhuma riqueza é justa. Mas assim têm que fazer para suprirem as necessidades, pois os mortos, não obstante privados de convívio na terra, têm mais necessidades que os vivos. Conhecendo da situação desses mortos que procedem de uma família abastada, com sangue de rico, naturalmente que se esforçam por encontrar um lugar à sombra. Depois há outros teus dois meninos: Agripino Fonseca e Intrujão de Nascimento: esses dedicam-se ao entretenimento, à organização de eventos, como encenação de peças de teatros e orquestras musicais, pois os mortos também quererão se divertir. O teu Odorico Abúndio Alberico dedica-se à escrita de poemas e novelas. Escreve como a tua mãe. Poemas autênticos e belos como crochés. Profissionalizou-se. A vida dele requer calma e muita paz, daí andar sempre consigo mesmo. Absorto nem sabe o que se passa na vida dos mortos e dos vivos da família. Pior, não tem tempo de gozar a morte, de tão centrado que está no seu universo. Em resumo: os quatro primeiros são pessoas de enormes posses. Têm muito dinheiro e levam uma morte luxuosa e desafogada. O pobre coitado do Alberico é que passa a morte a lamentar, pois a arte aqui na terra como na morte tem a mesma cantilena: não dá para nada.

– É importante que hajam escritores nos céus: assim trabalham para ajudar a libertar as almas penadas das garras do diabo.

Naquele preciso instante, eis que Dazanana aparece, a pé coxinho. Encontra a mulher debruçada na janela, a falar com o coveiro:

– Mulher, quem te mandou voltar para a casa? Volta para onde te deixei enterrada, faz vinte anos.

Maria de Lourdes Pintassilgo fez-se por desaparecer da janela onde estava, metendo-se cá dentro. O coveiro fechou-se em copas, como quem fora apanhado em falta. Kufa não disse nada. Dazanana continuou:

– Eu não lhe disse que o cemitério dos pássaros começa e termina onde tem aquelas paredes muradas?

– Eu procurava, aflitivo, o candidato a enterro. Temos um trato. Tu não podes ir ao enterro com a biografia pelo meio.

– Sei que chegou atrasado.

— Para vir até aqui encontrei muita guerra pelo caminho.
— Você, se quisesse ser um bom coveiro, começava por enterrar a guerra, a ganância dos homens, que têm dizimado a muita gente neste chão.
— Nunca mais quero falar da guerra! A guerra que levou os meus pais, não merece que eu fale dela!
— Conversas fiadas com a minha Pintassilgo, também nunca mais! – disse Dazanana com uma voz maliciosa e de pouca amizade. Fez uma curta pausa. Vasculhou uma frase, e por força do hábito ou de pobreza vocabular, encontrou a predileta expressão do adivinho: – Eu ainda te digo mais! Nunca mais ponha o focinho no meu quintal com essa farda escura de enterro!
— Mas se é que ela estava morta acabo de a desenterrar – insistiu o coveiro enquanto olhava para a mulher de cabelos brancos e óculos incisivos.
— Ela estava ausente da vida. Isto lhe quis dizer: dentro da cabana não se lhe vê mais do que como uma coruja morta, em solitária companhia dos sogros, filhos, mortos.

* * *

Dezoitentina Maria Branca há muito que vem dizendo que pretende sair o mais rápido possível das imediações da Vila Paraíso. Mas isso acontece dois meses depois que, bailarinos de Quelimane, com quem ela tinha estado no Gurué, tiveram ali curta estância, na celebração do carnaval.

Os chuabos de Quelimane são apelidados de os "brasileiros da terra", por causa da sua fascinação pela celebração massiva do carnaval, ademais são gente muito afável e hospitaleira, muito delicada com os forâneos. Por alturas do carnaval que rola como uma peste, vão de um canto a outro do país e a eles se reconhece à primeira vista. Os grupos foliões da capital da Zambézia dançam e trajam-se de brazucas. Por alturas da festa do povo, lá por Quelimane, qualquer forâneo poderá pensar que está na Bahia, diante dos corpos mascarados e suados, que sambam a valer. Não fosse o diabo tecê-lo, não fosse o "*manambwa*[9] – cão, que ao lhes recusar a anexação ao Brasil, não compreendeu que nesta ironia do ser existe uma fascinação. Algo como uma reivindicação ou reaproximação ao sangue disperso pela Bahia". Do destino que os dividiu, hoje Quelimane tem este resquício de nostalgia que, mau grado a rejeição liminar, lhes envolve no samba, que deixa entrever a doçura deste enclave brasileiro em terras moçambicanas. Para a consolação restou o apelido "Pequeno Brasil", o burguesíssimo carnaval, homens namoradeiros e damas voluptuosas, de peitos e nádegas fartos.

Dizem que os vivos a detratarem as vítimas, são autênticos gálagos, contra o rival. Não esperam que o sangue do morto enfrie nas veias. Qual esquilos, roedores, tomam de assalto a vida do morto e a banalizam, conspurcando-o até ao sexo, deixando-o por fim a mercê dos lagartos, das cobras e dos sapos das árvores, das aranhas, dos escorpiões e dos insetos que dele tomam conta, devorando-o até ao esfrangalho.

E por falar na voluptuosidade, por alturas em que o carnaval era ainda um sonho, reza a lenda uma inconfessa paixão do explorador inglês Livingstone por Quelimane. Pelos vistos, está implícito aqui, a carga de adrenalina que o levou a recuperar do abalo depois que enterrou a mulher em Chupanga, debaixo de um embondeiro, nas margens do Zambeze. Na semana seguinte, Livingstone não suportou e muito menos resistiu perante a concupiscência amorosa das chuabos, algumas escravas de suas amizades portuguesas. Deteve a expedição que o levava para o Grande Zimbabwe, pelo que andou errante e vicioso por aquela terra pantanosa e palúdica

---

[9] **manambwa**: indivíduo mau, malvado; "filho do cão".

em gozo da lascívia e pureza daquelas damas, de peitos vistosos e tenros, de peles viscosas e cintilantes, que se vestem como as donas dos prazos. Estava decidido a não partir nunca, mesmo perante a evidência da derrocada dos prazos. Atraía-o aquele andar de gazela, das negras: *nádega-que-sobe, nádega-que-desce*. Livingstone andava absorto, sem nunca confessar a razão do abstraimento, nem mesmo quando a sogra o escreveu, perante o absurdo de trazer toda a família para África, antes da morte da filha:

> *"Mary me assegurou todo o tempo que se estivesse grávida você não a levaria, mas permitiria que viesse para cá depois de sua partida... Mas para meu espanto recebi agora uma carta - no qual ela escreve: 'Devo novamente seguir meu penoso caminho para o interior e, talvez dar à luz no campo". Ó Livingstone o que você está pensando - já não foi bastante perder o seu lindo bebê e salvar com dificuldade os outros, enquanto a mãe voltou para casa ameaçada de paralisia? E você vai expô-la de novo, e a eles, a outra expedição de exploração? O mundo inteiro condena ainda a crueldade da coisa, para não mencionar a indignidade da mesma. Uma mulher grávida com três crianças pequenas, percorrendo as estradas com pessoas do outro sexo - através das selvas da África entre selvagens e feras! Se você tivesse encontrado um lugar para o qual desejasse ir e dar início a um trabalho missionário a questão seria diferente. Eu não diria uma palavra mesmo que fossem para as montanhas da lua - mos seguir com um grupo de exploradores, a ideia é um absurdo. Despeço-me, bastante preocupada. M. Moffat'."*

O que a história moderna sonega é que uma das escravas que tinha sido companheira de Livingstone, naquele percurso de ida acima e retorno abaixo, pelo Zambeze, engravidou. Livingstone fez finca-pé a decisão que tomara de nunca voltar a ser pai, depois dos quatro filhos que a Mary lhe deu. Dizem que tal se deveu ao fato de uma frustração que o tomou, quando, depois do infortúnio, na companhia da rapariga, vagou por Malingapazi, algures em Chupanga, onde se confrontou com um sem número de homens que padeciam de hidrocelo, uma característica da masculinidade comum na comunidade, que ele não possuía para suportar a rapariga durante longo período, que, contam, terá sopesado na decisão da coroa portuguesa ao vedar redondamente o acesso aos prazos do grupo de mulheres abrangidas pela exploração daquelas terras, não por razão de decoro, mas para que não resultassem corrompidas e com tal contagiassem a origem, daquela experiência exótica, suscetível de baixar a autoestima ao homem branco. Porém, também a escrava, que nunca quis ser mãe, como também nunca quis viver em definitivo isolada do seu mundo chuabo, regressou à casa levando na memória as palavras do luxurioso explorador, que declinava quaisquer responsabilidades, para o espanto e pasmo dos pais, que tiveram dificuldades de interpretar as ideias missionárias, a cultura e língua estranha do Livingstone. Deram à coitada uma poção de raízes e ervas cozinhadas, abortivo esse muito amargo, que a escassa meia hora da ingestão, levou a que a mesma cuspisse o feto para fora das entranhas, através da urina; de mais a mais deixou-a prostrada no chão, com náuseas e visões estranhas, o universo feito de cores jamais vistas. O acontecimento tornara-se uma vergonha do tamanho daquela colina, onde passados um centenário e meio de anos, a proeza voltou-se a repetir. Por partes. Convenhamos:

Em casa do feiticeiro reina uma briga sem precedente. Há pouco tudo era tranquilo e saudável debaixo daquele teto, mas tinha que aparecer de repente a gravidez para estragar o convívio.

O aparecimento de dois novos homens na Vila Paraíso, o Padre

Damázio e o Kufa, embaralha com a situação, pois o feiticeiro Magrinho garante a pés juntos que, aos cinquenta anos, nunca lhe ocorreu a ideia de ser bisavô. Basta por si o fato de já ser avô da copeira Dezoitentina, que se aproxima dos dezoito anos. Dezoitentina crescera na Casa Grande, como os serviçais chamavam a vivenda colonial abandonada por Papagaio e Pintassilgo. Kufa é algoz do Padre Damázio e não é por menos que diz que o vira enroscado a moça, no cemitério dos pássaros, o que causa intenso nervosismo no Dazanana que se mantém tão inamovível como uma rocha, que em cemitério ninguém pode praticar imoralidades. Todos homens se imputam e todos puxam a sardinha à sua brasa. Todos se afirmam ainda isentos de responsabilidades. Pintassilgo confirma que, um dia, quando habitavam a Casa Grande, encontrara o mainato Pedrito, já não muito novo, às cavalitas com a mocinha, no quarto deste. Nada fez, senão voltar a fechar a porta. E Dezoitentina diz que não se deitara com nenhum deles. O que aconteceu, em um dia de lua fértil fora lavar-se ao rio, mergulhara-se por longas horas, de modo que dele se concebeu. Um mistério.

O recém-nascido apresenta-se com semelhantes feições pálidas do Padre Damázio, nariz de Pedrito e olhos vivos do Kufa. Todos querem apontar-lhe o dedo índice, e todos receiam acusar o enviado de Deus, para evitar que sejam castigados no inferno. Dazanana quer imputar ao coveiro, mas receia que chegue o dia e não tenha quem lhe fazer o enterro.

A criança cresce e todos lhe vêm um dos pés mancos do Dazanana. Pintassilgo confere. Sente dores de chifres e jura uma vingança feminina de deixar o marido com os fusíveis do cérebro queimados, a caminhar pelo monte como uma barata tonta. O suspeito de última estância ignora o devir.

Há jogo de empurra. Lume na fervura. A copeira diz que o feiticeiro faz cremes e remédios que os espalha ao rio, à noite, sem ninguém saber, com a semente da carne do seu próprio corpo. O feiticeiro diz que o evento acontece reiteradamente, conforme "cada de vez enquanto do tempo que passa". Défice de estudos tem ele. Levanta os dedos da mão e com um gesto faz um sinal, que descreve três quartos de século consumidos pela sua vida. Os bailarinos dizem que carnaval é pura ilusão passageira, um misto intenso de misteriosa energia, de maconha, de suor e sexo, que se espalha como uma praga pelo vale do Zambeze, pelo mês de fevereiro.

14

A vida não são só estudos e Carnaval, por isso a tese mais bonita consiste nas apresentações: um final de contas onde se faça coincidir o diploma de estudos com a tese em forma de parto de um bebê.

Foi o que Dezoitentina decidiu escolher. Dar à luz a uma criança que se previa superlativamente bela. Uma criança bonitíssima mesmo. A nobilissimamente mãe, depois de colher o nobel prêmio da gravidez, não esperou pelo adivinho na cancela. Para lhe dar a notícia. Tentou outras formas de luta, longe daquela morada. A história da consequência daquela noite de Carnaval foi contada ao coveiro pelo próprio patrão:

Alguém, um desconhecido, lhe fez constar que na madrugada do Carnaval tinha sido um falecido a dar boleia a uma menina de estatura mediana, que ostentava um corpo vistoso, com todas medidas perfeitas. O fantasiado era parecidíssimo com alguém muito afamado. Quis antes levá-la à Mira bons Sinais, mas a rapariga, vestida de um diadema na cabeça, pulseiras de bronze e um vestido amarelo, de chita, cheio de madrepérolas, recusou porque tal ficava a quatro dias e quatro noites de viagem de carro. O afamado morto ia de carruagem de tração a cavalo, com quatrocentos escravos que o escoltavam. E como a atração física de ambos lados era grande, a rapariga lhe perguntou por que não dispor da casa colonial abandonada dos Simplíssimos, uma vez que o pretendente a namorado estava fantasiado em tudo, no rosto, gesto e fala, ao infeliz Papagaio? A rapariga já há muito desejava o Papagaio, enquanto copeira, mas contentava-se apenas com servir-lhe, alegrando no seu papel de empregada, recebendo insultos do amo, da patroa e dos filhos destes; alguns destes últimos abusaram do seu corpo; o Paulo, filho dos antigos amos, ela garante que a desvirginou.

Quanto ao namoro por alturas do Carnaval acima referido, o suposto fantasiado de Papagaio recusou o lugar proposto pela Dezoitentina. Não pretendia ele despertar a atenção da vizinhança, para evitar más interpretações e más-línguas. O melhor era recorrer às prudências de maior. Para tal, a rapariga teria que ir na boleia daquela carruagem do século XVII, segui-lo até ao Cemitério do Gurué. Aqui estacionaram a carruagem. O fantasiado e a rapariga desceram até à sepultura, que era a conhecida morada do fantasiado, naquele cemitério. Aí perderam-se em bebidas e delícias de corpos. Em promessas de eterno amor.

O fantasiado não voltou a emergir, naquela madrugada. Foi então que ela saiu da cova. Dias depois, ela vagueou pela Vila do Gurué a passos de camaleão, à procura do amante. No cemitério é que não estava. Os mais sabidos e que tinham participado daquela noite de Carnaval foram unânimes e não hesitaram em afirmar que se ela quisesse achar o falecido que se dirigisse até à Vila Paraíso. Para ela era certo que o antigo patrão não fazia parte da história daquela noite de Carnaval. Seguiu o conselho. Chegado à cancela da Vila Paraíso apenas encontrou o Papagaio, que a haveria de deixar muito confusa. Ao Papagaio apresentou a sua preocupação. De golpe, Papagaio, que agora tinha barba a cobrir-lhe o rosto, respondeu-lhe com uma resposta mais cortante que uma navalha:

– Moça bonita, eu te conheço de algum lugar. Mas a pessoa que tu procuras, Antônio de Araújo Lacerda Simplíssimo, morreu há mais de um século.

Ela ficou espetada, de pé, tentando ganhar pouso no chão que parecia fugir-lhe dos pés. Sem conseguir mover-se, sem conseguir ainda remover o espanto que dela se apoderou, encontrou o equilíbrio. Papagaio buscou algo na memória, uma resposta mais próxima do coração dela, como uma aspirina, que atenuasse o sofrimento dela:

— Se é um problema de dívidas, ajustes de contas passadas, não há remédio. Tu só lhe poderás cobrar quando te cruzares com ele no cemitério das catacumbas. Se for um problema de herança, agora mesmo, sobe pela ladeira desta montanha, segue sempre este atalho até ao cimo. No fim encontrará o seu único herdeiro vivo, de seu nome completo: Dazanana de Araújo Lacerda Simplíssimo.

— Esse foi o meu patrão. Há muito que sumiu. O amigo, João das Neves, com que noutro dia encontrei, me disse que aqui está a padecer, enfermo.

A rapariga suspeitou que aquele que a aconselhava subir, era o mesmo Dazanana. Deu cinco duvidosos passos em frente, após o que ele a chamou, prosseguindo com a mesma paródia:

— Ainda te digo mais! Tu foste a copeira do Papagaio.

— Papagaio? Nunca cozinhei para bichos.

— Sim, esse é o nome dele, agora: Papagaio. É melhor ir andando. Eu ainda lhe digo mais: chegar lá no cume não é fácil! Tu cansas-te de ouvir a trilha dos pássaros; tu cansas-te de ver flores como a mata virgem, de nunca acabar; tu cansas-te de olhar atrás e não ver ninguém; cansas-te de ouvir os teus próprios passos; cansas-te de escutar a voz que vem do fundo de ti.

A rapariga afastou-se, seguindo para a direção apontada. Ele ficou a olhá-la, como um alfaiate que lhe tirava as medidas do corpo: vinte e cinco centímetros de peito, trinta e cinco de cintura, cem de traseiro. Meteu ambos dedos índices na boca, para assobiar um assobio malandro, o que a levou a voltar a cabeça e a olhar por cima dos ombros:

— Não te cansas, moça bonita!

Ela retomou a caminhada. Atrás de si, as luzes da Vila Paraíso foram se extinguindo uma a uma. De repente, de lhe interpuseram hipotéticas figuras fantasmagóricas. Havia penumbra e luz.

Pareciam mortos a fumarem. Ela não vacilou. Em verdade, o que pareciam cigarros eram olhos de dois gatos que se entregavam num avassalado e louco amor, alertando-a para que não os incomodasse. Sinal de mau agouro.

* * *

Na noite desse mesmo dia, a rapariga ainda bateria à porta do adivinho. Pediu-lhe abrigo. Como o faziam muitos peregrinos, que divagavam por ali. O adivinho não estava interessado em que a rapariga a quem ele tratava por neta andasse a vegetar, em se tratando de mulher, jovem e bonita. As notícias que na altura corriam eram sobre moças violadas e sem terem onde queixar-se. Eram tantos os casos que já lhe entupiam os ouvidos. Recardara-se do caso de empregadas domésticas, algumas, que depois de violadas, optavam por mudar de patrões. E mau grado, voltavam a cair em novas ciladas num círculo vicioso em que os seus atrozes amos eram os protagonistas. O mal naquela terra, se havia, vinha sempre daquelas casas ostentosas, cuja beleza escondia o sofrimento das deserdadas, que recebiam muito pouco, algo que não compensava tamanha humilhação.

– Dormes aqui esta noite, amanhã podes seguir viagem. Se te conformares em manter-te aqui, tudo bem; se te decidires a continuar a busca é-me indiferente. Quanto a mim: podes ficar os dias que quiseres. Mas pensa bem. Tens toda a noite para pensar, mas não estragues o sono com isso!

Havia feito algumas mudanças na palhota, que antes comportava uma única divisão que servia de cozinha, sala, quarto de dormir e quarto de hospedagem. Pegou no lampião e ainda a acompanhou para lhe mostrar o quarto dos fundos. Havia uma acumulação de coisas inúteis, que o homem colecionava, como antiguidades de que viesse a lucrar no futuro, em eventual negócio de leilão. Muitas delas eram peças de fábricas. Cacifos metálicos, o que tornava aquele quarto uma verdadeira ferragem de utensílios enferrujados. Com uma voz que parecia a daquela ferrugem, o adivinho apontou para um tampo deitado como um caco, a oxidar à luz do lampião.

– Dormes nesta cama – disse ele.

– Aqui só vejo ferrugem.

– Pois, a ferrugem é leve e quem não tem onde dormir acostuma-se muito facilmente à esponja dela.

Deixou-a só. Durante a noite, o candeeiro ficou a repousar no chão do pequeno corredor, iluminando aquelas acastanhadas paredes de barro.

Quando despertaram, os dois ficaram a olhar um para o outro. Falando com certa ironia, o adivinho adivinhou:

– Dezoitentina, sei que tens fome.

– Como sabes?

– Tu fugiste anteriormente da minha casa por causa da fome. Consigo sentir os bichos em luta, em greve no teu estômago. Estás a olhar-me com olhos de fome, mas sou já um velho desdentado para carne fresca.

A rapariga olhou-o, sem dizer nada. Da cobertura de zinco pendiam flocos de ferrugem.

– Podes ir começando a comer a ferrugem – continuou o velho. – Ainda te digo mais! Vai comendo devagar porque aqui há ferrugem que basta para silenciar as lombrigas.

O velho magro, face hirsuta voltou-lhe as costas. Foi à cozinha contígua num pé e voltou no outro, trazendo um copo cheio até em cima.

– Tens aqui leite de vaca, depois de comeres a ferrugem toma-o, para não apanhares indigestão. De toda a forma, se o intestino não resistir, tens a latrina lá fora.

A rapariga comeu a ferrugem com todo o gosto, após o que bebeu o leite de um só trago. No fim, foi à retrete e lá deixou fezes em forma de ferro fundido. O excremento demorou-lhe muito a sair, que durante meses, anos, sentiu o ânus dorido. Era, pois, um episódio inesquecível para a rapariga, que sempre que se põe a lembrar dos seus amores frustrados vê-se num forte aperto no baixo-ventre. O que lhe dá uma forte vontade de vomitar.

* * *

Durante dias, semanas, Dezoitentina Maria Branca andou por Gurué, bateu portas, à procura de trabalho de quintal. Não conseguiu encontrar nada. Mulheres, esposas de comerciantes, de funcionários da Companhia Madal e Sena Sugar Estates, em Gurué, olhando para aquele rosto belo e imaculado, viam-na mais como a crápula mais bela, a pretender tirar-lhes os maridinhos. A barriga crescia-lhe, como um ovo. Dezoitentina receava contar ao Magrinho, mais por reverência à pessoa deste. Mas como a gravidez nunca cresce para dentro, Magrinho haveria de a descobrir. Pensou que o pedido de acolhimento fazia parte de um esquema, para o imputar. Como fumo, a notícia da moça grávida espalhou-se pelas redondezas. Rapidamente espalhou-se também a notícia que o motor do velho ainda funcionava. Magrinho ganhou fama de velho "valentão" e "engatatão", uma vez que davam como certo que ele namorara a bela jovem com que coabitava. Produziram-se em favor do velho melhores adjetivos terminados em "tão", que era de perder a conta. Parecia que os ganhara na lotaria. Mas para a jovem, o resultado da rifa cedo haveria de lhe chegar. Fama sem proveito. Magrinho a expulsou, não sem antes chamar-lhe nomes imorais e feíssimos: "parasita", "porcalhona", entre outros.

Pô-la na rua, não sem antes Dezoitentina lhe dar réplica:

– Velho tonto, que parasitaria fiz, se em tua casa só se come ferro velho?

– Ó, moça porcalhona, eu sou feiticeiro e para enfeitiçar costumo comer muito e demais ferro velho. E ainda te digo mais! Nunca, mas nunca mesmo, entupo a sentina e a deixo aberta para as moscas.

Dezoitentina, que chorava copiosamente, sentiu vontade de vomitar. Estava assim condenada à miséria. Com um certo nó na garganta, voltou a buscar trabalho na Vila do Gurué, porém, a resposta foi sempre curta, breve e fria: "Moça linda, você procura emprego ou o pai do seu futuro filho?" Era a ladainha, enquanto dormia na rua e tinha à testa a fome como o seu parceiro, a fazer-lhe companhia, a servir-lhe de cobertor, durante o dia e nas noites frias. Encontrou com o patrão João das Neves, à porta do supermercado, onde esmolava pela primeira vez. O patrão das Neves reconheceu-a. Ouviu-a com atenção e depois tomou-a no seu carro e levou-a novamente para o cume da colina.

– Dezoitentina está à deriva. Não tem dois dedos de testa para aguentar sozinha com a vida – das Neves já comentara com a mulher, e agora, naquela sua voz de toutinegra, voltava a fazê-lo com a Maria de Lourdes Pintassilgo.

– Enquanto eu for viva, ela viverá aqui. Quando morrer, terá que partir, pois Dazanana não quer suportar gente estranha à família.

15

As feições do rosto revelam o presente, o passado e o futuro, o caráter da pessoa e dos seus descendentes, mais do que se possa julgar. Fixam o tempo. Fixam os atos bons e da malandragem. Assim anotou o coveiro em seu caderno de apontamentos.

Depois do parto da desafortunada, Maria de Lourdes Pintassilgo continuou a acolher muito caridosamente a copeira e o filho. As feições deste começaram a desenvolver-se na presença da mesma. Aos dois anos, o rosto do pequeno era parecido, santo-e-senha, ao do Antônio de Araújo Lacerda Simplíssimo. A testa aberta e espaçada do miúdo era aquela que estava no álbum de fotografia. As sobrancelhas do miúdo pareciam as de um mestiço de árabe, branco e visigodo, como as personagens retratadas em vários álbuns familiares. Com minúcia, ela divagava pelo nariz, bochechas, olhos, mas algo dizia que aquela testa proeminente era a impressão digital comum do clã Simplíssimo, em toda a árvore genealógica. Pensava que estava a ficar ciumenta, por isso abandonava aqueles pensamentos ruins. Punha-se a fazer qualquer coisa, na terra, para não enlouquecer, pois os dias na colina era monótonos e passavam muito lentamente, quando não cultivasse o seu campo de hortícolas e cereais.

Mas como é a mente quem controla o ser humano, sempre que o miúdo lhe fosse a correr aos braços, ela carregava-o e depois começava a estudá-lo. Os olhos do miúdo, um maior que o outro, redondos, de um azul diluído em água, tinham a sutil característica de serem miscigenados, particularidades não reunidas tanto pelo adivinho como pelo coveiro Kufa, que eram retintamente bantus. Ela ainda pensou que havia algo do Padre Damázio naquele corpo que começava a fazer-se homem. Por isso, desde que começou a desconfiar nunca mais deixou de frequentar as missas daquele. Ficava tête-à-tête com o Padre Damázio, quer nas conversas, quer nas orações, a ver as saliências que a iriam permitir formular a conclusão. Quanto mais as aprofundava, mais se afastava a probabilidade de ter ocorrido algum dolo do sacerdote, que para ela continuava puro na sua sotaina de batina. Alguns detalhes mais estavam naqueles olhos assimétricos, concluiu ela de golpe. Era o fato de serem zarolhos. Assim figuravam os olhos do Dom Antônio de Araújo Lacerda Simplíssimo.

No seu drama, quando Maria de Lourdes Pintassilgo mais descobria as similitudes entre o pequeno e os membros do clã do marido, este, que andava soturno, mais ignorava o miúdo e a mãe, ao ponto de mantê-los sempre à distância. O homem fazia-se cada vez mais indiferente ao que se passava ao seu redor. Todo trombudo, cada vez mais respondia a perguntas da mulher com monossilábicos e evasivas, contrariado, pelos vistos, pela iminência do que parecia próximo de ser provado.

Pelas noites, Pintassilgo apenas suspirava, em claro exaspero. Os suspiros dela eram prolongados, e com uma ressonância de clamor que parecia sair de um morto, lá das catacumbas. Durante os dias, ela procurava manter atenção sobre o pequeno, pois Dezoitentina era uma inexperiente mãe, que só sentia vontade de vomitar o ferro velho e o mundo, com todos os homens maliciosos. Tudo o que o pequeno fazia ou pedia repercutia-se no uso da mão canhota, mão essa que era mais usada por Dazanana. O que enfurecia a Pintassilgo, pois parecia que o menor ousado estivesse a brincar com um assunto um tanto ou quanto delicado. Parecia pousar o dedo na ferida do coração sangrante dela. Enquanto Dazanana se fechava em copas, o miúdo crescia. Os desfrisados cabelos parecidos com os de um cafuzo, ganhavam forma no couro cabeludo do miúdo. As evidências eram, porém, imbatíveis, mas Dazanana preferia manter a mudez. O que punha Pintassilgo desesperada, com a ideia formada de que o marido deveria ter culpas no cartório, era o sorriso metálico do filho da copeira. Expunha uma alegria igual a que Dazanana lhe demonstrara no dia em que ele a foi receber no porto de Quelimane, em que a ofereceu um inolvidável *bouquet* de tulipas, flores que perfumariam, pela existência, toda a sua fé naquele amor. E para nada dizer, ela mais pensava: aquele andar manco do miúdo, em nada diferente do caminhar do Dazanana, era a antecipação de como ele viria a se comportar na madurez.

Quando as saliências se tornam incontestáveis, lá a Dezoitenta começou a rapar periodicamente o cabelo do miúdo, disfarçando a careca tal como se ela fosse algo de calvície. Mas Pintassilgo já tirara a prova dos noves: o menino, ostentando voz de um papagaíto, parecia-se com alguém a quem tinham posto em máquina copiadora e extraído em fotocópia única.

– Ó Dezoitentina, perdoa-os, os homens são gozões-medrosos! Desde o meu pai, o meu sogro, o meu marido, o bisavô do meu marido, até meus próprios filhos. Todos os dias recebo queixas das minhas noras, lá onde ela estão – era a Pintassilgo, que quando se referia a "lá" apontava para o chão. – Aos meus filhos, lembro-me de os ter enterrado com sapatos de couro, muito fortes e resistentes. Os mortos precisam de levar sapatos rígidos, que durarem na caminhada, por toda a eternidade.

Dezoitentina recordava-se. A relação entre as duas começara por ser cordial, como aquele calor maternal de mãe para filha, que Maria de Lourdes Pintassilgo lhe dispensava. Depois seguiu-se uma fase de pura hipocrisia. Por fim, a frieza que as empurrara a um futuro que viria a ser caracterizado por um ambiente de tensão, no cemitério dos pássaros.

Maria de Lourdes Pintassilgo estava desiludida. O coração dela enchia como a bexiga de boi. De repente rebentou-se. Ficou dividido em quatro. Um coração queria falar com o Papagaio e pôr tudo a limpo, mas o outro coração dizia que não. Em relação à rapariga, passava-se a mesma coisa. Eram lutas dos egos contra os superegos, pois dentro delas moravam várias pessoas em discussão.

Era o efeito dominó. Tudo começara a escassear. Às vezes melhor se conversa em silêncio, que se encarrega de pôr tudo no devido lugar. O diálogo que ela ansiava com o seu homem, acabou por acontecer, por iniciativa deste:

– Já viste, mulher, transformaste-te muito!

– É verdade, para ambos casos: tu e eu. De tanto vivermos com pássaros passamos a ser parecidos como eles.

– Já vejo – disse ele, sempre poupado em palavras.

– Onde há genologia dos pássaros passa uma tempestade como um mal que afeta a todos: até o filho da copeira ganhou olhos arredondados.

– Como o dos pássaros...

– Ganhou bico...

– Como o dos pássaros, amorzão.

A mulher preferiu não ir diretamente ao ataque. Convidou o marido a confessar-se ao padre.

– Marido, estás muito doente, pelo que deves te confessar ao padre! Não podes ir ao teu enterro assim.

– Era bom que fizesses o mesmo. Aquela coisa do feiticeiro e do coveiro virem cá a casa rompe com a nossa fé católica – Papagaio investiu, sem morder o isco. Ela deixou que ele lhe picotasse. Por mais que a tivesse ofendido, no fim ele sentia as mágoas das suas próprias ofensas. Afastou-se da mulher e buscou consolação junto do coveiro. Perguntou-lhe: – Terão os pássaros coração e alma?

– De que falas quando falas da alma e do coração?

– Estou a falar do sentir, da consciência.

– Os animais têm alma e coração no mesmo lugar onde o

Homem tem a sua consciência: sentem dor na mesma proporção que o Homem e raciocinam naturalmente à medida do seu mundo.

– Eu sinto nos meus braços a leveza das asas dos pássaros. Quero chegar naquela nuvem que vês lá ao alto – declarou Dazanana apontando o céu com o dedo índice. – A alma do puro pássaro está lá e espera-me.

– Velho, para ires lá até àquela nuvem tens que esperar que Deus te chame. Esse dom de chamar as nuvens à terra só Deus é que tem. Bom, eu já te preparei o fato. Arranjei um cheiroso perfume para levares nessa viagem.

– Quero ir para a cova limpo, mas por favor nada de me envergares nenhum dos fatos nem calçados do avarento do Dom Antônio de Araújo Lacerda Simplíssimo. Não quero passar o tempo da minha morte a discutir com ele. Arre! Se soubesses, é um velho que já me fartou o suficiente!

16

A missão do coveiro não era apenas a de inventariar os bens do clã Simplíssimo, como também a de fazer do cemitério dos pássaros um lugar alegre e aprazível. Uma instituição que reformasse o lado pesaroso e triste dos milenares cemitérios. Havia que respeitar a disposição de vontade do suposto último herdeiro da universalidade dos bens dos Simplíssimos. O coveiro cumpria escrupulosa e justamente as ordens que o Papagaio rasgou: cada área com as suas coisas. Os pássaros nas tumbas, os utensílios e objetos de uso pessoal dos finados no museu. Uma vez aqui, cada categoria e espécie de produto, seu devido lugar. As ordens, autêntico monólogo, lhe foram ditadas como uma autêntica ladainha:

— Seção de roupa — Papagaio cumpriu uma pausa: — Atenção, nunca misturar as roupas de lãs e as sedas de meus antepassados com os tecidos rústicos dos escravos! E digo-lhe mais! Camisas de mangas curtas à parte, as de mangas compridas com punho também à parte. Nada de roubar estes tecidos de capulana, nem os chapéus de coco, pois estou cansado de aturar vigarices de mortos!

Feito um capataz, sempre cumprindo pausas, voltava a apelar:
— Seção de comidas imperecíveis, seção de bebidas, seção de calçados, em separado. Cada bota e botim colado junto ao seu par!

Respeitou de novo a pausa:
— Seção de fotografias: nada de pousar os dedos nas fotos, senão estragam-se! Nunca misturar fotos de escravos com os da minha família, para evitarmos futuras disputas de herança.

Pausou, e sem esperar réplica do coveiro, prosseguiu os mandos. A mesma cara de enfado, de todos os dias:

— Seção de objetos das retretes, seção de máquinas de música, cada uma destas separadas das outras: estas trombetas, flautas, berimbaus, bandolins, rabecas, violas e tambores são dos melhores de todos os tempos. Não mos palmes, pois os mortos têm ouvidos apurados e olhos que veem, nem mesmo quando desprovidos deles. Arranjam sempre pretexto para festejar!

Obedeceu mais uma pausa, depois de cuspir no chão. Um cuspo com misto de sangue:

— Seção de mobília: Atenção, nunca pise nas alcatifas dos meus entes queridos com os seus pés sujos e descalços, que desde que nasceram nunca viram a cidade dos *muzungos*, nem nunca foram felizes de pisarem o chão de ricos! Há muitos brancos que não tiveram categoria para os pisarem.

Coçou na barba agora rala. Durante muito tempo. Parecia pensar. Retomou:

— Seção de aparatos de cozinha e seção de eletrodomésticos, seção de veículos: Sei quantas redes de transporte de seres humanos e barcos estão aqui. Nada de levá-los para a pesca!

Ficou a olhar o coveiro, que perdia suor, entregue àquelas mecânicas tarefas. Devia estar com sede. Ainda assim, não teve compaixão dele:

— Seção de armamento, seções de obras de pintura e escultura, para tirar e salvar o gosto refinado dos defuntos em termos de arte e cultura.

Fez um longo comentário depois daquela frase. Falou da necessidade de se construir uma apetrechadíssima biblioteca no mesmo espaço, capaz de conferir com os eternos "gostos" dos entes queridos. O fundamental para os vivos entenderem a pirâmide de Maslow dos Simplíssimos. Sentou num banco, de costas para o Kufa. Desde ali, com a cabeça em cima do ombro, olhava para o coveiro, muito desconfiado:

— Não quero confusão aqui! Quero as carruagens de século XVII, os requixós, os palanques e as *manxilas* na seção de transportes.

A ressonância dessa frase que ficou gravada na consciência do coveiro repetia-se como o missal do Padre Damázio. Escrupuloso, o coveiro manteve-se durante alguns dias a contabilizar os adornos talhados em miçangas, em conchas e em ouro, após o que lhes dispunha em devidos expositores. Um trabalho às vezes penoso, porque perdia a paciência e a minúcia que um individuo habituado a vegetar não tem.

* * *

Quando tudo ficou devidamente pronto e etiquetado, ainda prepararam um guião com a caracterização de cada uma das peças, origem e preço de aquisição por aquelas alturas, séculos XVII a XIX. E assim a notícia deste mais que ultramoderno museu correu o mundo.

A chegada dos primeiros visitantes do estrangeiro surpreendeu o Papagaio. Vinham saber deste como teria nascido a engenhosa ideia e quanto, na verdade, orçara o projeto, pois o repórter que o divulgara apresentara números baixos, em contraste com o padrão e alto requinte do cemitério dos pássaros e da Vila Paraíso.

O coveiro, sempre criativo, teve a ideia de oferecer um espetáculo que começasse no sopé, junto à cancela, numa romaria que passasse pelas ruas, praças, feiras e mercados do Gurué. O Papagaio gostou da ideia:

— Tem que ser por alturas do Carnaval, para envolver a populaça. Atrairemos os cooperantes e os turistas para aqui. Claro que uns pensarão que dançar no cemitério é um ato contrário aos bons costumes, que os vivos poderão ir até ao extremo de relaxação, de necrofilia com os mortos.

— Quem quiser assim pensar, é livre – disse o coveiro, como

que cutucando no Papagaio. Não muito longe, enquanto lavava uma pilha de pratos numa pia improvisada de estacas, Dezoitentina ouviu-lhes falar do Carnaval e da pompa com que o pretendiam organizar. Sentiu uma tremenda vontade de vomitar, mas logo esforçou-se por equilibrar-se.

— Vamos pôr os nativos a dançar o *niketche*, que é uma dança nacional local, verdadeiramente uma manifestação contra a escravatura, com que nos humilharam e nos dividiram. É uma dança enraizada no gosto popular e dos dirigentes deste jovem país.

— E se nos rotularem de sermos extremamente indecentes ao promovermos dança num local de silêncio e descanso eterno?

— Os representantes do povo a quem convidaremos é que saberão explorar e tirar maior dividendo disso, pois ao ato chamarão exorcismos. Farão constar essa realização, inauguração do cemitério dos pássaros, como obra do Estado prevista no Plano Quinquenal do Governo.

— Belíssima ideia, velho! Ainda te digo mais! Mandamos confeccionar bebida cafreal porque os mortos da terra certamente terão a hipocrisia de beber algo tradicional: o refresco *mahéu* e a cerveja de milho, *cabanga*.

— Ainda te digo mais, miúdo! Vamos elaborar um programa cultural e o evento torna-se mais profissionalizado, com uma breve peça de teatro, sem nenhuma encenação que promova a indecência entre brancas e pretos, ou entre pretas e brancos, entre mortos e vivos, porque pretendemos confirmar que nós os chuabos somos um povo crioulo e um dos inventores do carnaval.

No dia do aprazado evento, o espetáculo arrancou grandes aplausos.

* * *

Dazanana era um obcecado perfeccionista. Estudou tudo até ao detalhe, para que nada daquele acontecimento viesse a traduzir-se num enigma. Pretendia que, em última instância, o puzzle ficasse devidamente encaixado. Deixou claro que não iria emascarar-se. Iria participar do acontecimento como um mero assistente. Para lograr a eficácia pretendida, não iria recorrer aos guarda-fatos dos ancestrais. Fantasiar, sem passar por um senhor esposo de uma das antigas donas, soava-lhe a uma blasfémia. Deixaria a casaca, colete de seda com cetim de seda branca pérola, à vontade e ao fascínio do Dom Antônio de Araújo Lacerda Simplíssimo. No dia do carnaval iria mostrar-se empolgadíssimo e animado como nunca. Resumido ao seu papel de insignificante papagaio. A mulher iria disfarçar-se de coruja, animal, como se sabe, notívago, ave também caracterizada por ter cabeça grande, voo silencioso, ouvidos muito aguçados e olhos móveis, capazes de enxergar no escuro. A coruja, considerada ainda ave de mau agouro por estas terras, é na simbologia popular e da superstição alguém que adivinha a morte com o seu piar e esvoaçar, adivinha aquilo que os seres comuns não podem enxergar.

    Alguns eventos que ele programara fugiriam do seu controle, ameaçando traí-lo. Ou seria apenas uma presunção?

17

Nunca nenhum ser humano se dedicara de maneira assertiva e tão pormenorizada ao estudo da anatomia humana, como é o caso da coruja Pintassilgo, que a escassos minutos do início do Carnaval se fez ao cemitério dos pássaros, para caracterizar, um a um, os membros da família do marido, sobre os quais soara um alarme, enquanto dormia profundamente e sonhava que desfilariam infalivelmente, como emascarados, entre os grupos foliões daquela popular festa.

Ao contrário do que o comum dos mortais pensa, as corujas, os mochos e os caburés não são de nenhuma forma cegos durante o dia. Sua visão diurna é circular, muito semelhante à dos pássaros comuns.

Pintassilgo emascarou-se a rigor, como uma coruja. A cabeça grande, olhos móveis e os ouvidos aguçados. Enquanto os demais pássaros enchiam a pança para aguentarem à festa, ela descobriu um monte de excremento e fingiu engolir a refeição por inteiro, fingiu depois vomitar pelotas com pelos e bocados de ossos. Posto isto, sentiu ser necessário cumprimentar os familiares do marido e os seus parentes, num gesto de cortesia. Ao vê-la só, o Pardal antecipou. Aconchegou-se a ela e perguntou-lhe:

– Onde anda o Papagaio Dazanana?
– Esse não há de carnavalizar nem há de emascarar-se.
– O que se passou?
– Afinal, vocês não se têm encontrado?
– Temos. Faz um século que não vejo o pavão do velho Dom Antônio de Araújo Lacerda Simplíssimo.
– A esse nunca o vi, além do que tenho testemunhado em fotografias suas. Dizem que o enterraram com botas baixas, a pedido dele.

— São botas confortáveis, para passeio entre os dois mundos, por isso quase nunca está conosco.

Os familiares do marido, como não podia deixar de ser, manifestaram-se maravilhados pela cortesia e simplicidade daquela que era, por inerência do casamento, bisneta, neta, sobrinha e cunhada. Ofereceram-lhe uma cadeira, como mandam os bons hábitos civilizados, mas ela declinou. Preferiu sentar-se na esteira, com as mais modestas mulheres do clã Simplíssimo e mostrando esse respeito de ouro, que deixaram muito entusiasmadas a estas. Algumas destas ainda limpavam os dentes com raízes das árvores, num exercício de puro ócio, enquanto outras conversam em surdina, assuntos do clã e da sociedade no geral, seguindo uma velha prática da nobreza. Presentes estavam ainda a Colibri, o Urubu, a Cativa, todos os verdelhões da família Papagaio, entre outros de se perder a conta, pelos números e pelas contas da aritmética e tabuada. Permaneceu imóvel durante três quartos de hora, como quem estudasse a paisagem. O lugar era asseado. Em silêncio, ela fez a radiografia dos membros da família cruzando as aparências com os que constavam dos álbuns, que durante anos inteiros fora seu companheiro de conversa e ociosidade. Glória da Cruz Manteigas Relvas Conceição aparentava certa jovialidade. Continuava coquete. Usava maquilhagem recentemente terminada. Trajava uma roupa espalhafatosa, que deixava as coxas expostas.

— Do jeito que ela está vestida é mesmo para pôr chifres ao desavergonhado Dom Antônio de Araújo Lacerda Simplíssimo – comentaram alguns dos presentes.

Portanto, a Coruja pôs-se a conversar com os filhos, um a um, depois todos em conjunto. Estavam todos radiantes, embora alguns se queixassem dos problemas que ela conhecia, como o do bisavô que durante as noites discutia com a mulher.

— Perdigoto, tu que és o mais velho, por favor, cuida dos teus ir-

mãos! – pediu a Coruja, que assim iniciava com a cartilha maternal.
— Mãe, fica sossegada, que eu me ocupo deles. Quando um adoece uno-os a todos. Pomo-nos à volta da cama e contamos histórias. Lemos poesia e contos de fadas, como a mãe fazia, quando éramos miúdos – era o Perdigoto, que palitava os dentes.
— Pois, assim era – disse a Coruja impressionada com a memória do morto.
— Nós queremo-nos muito, mãe. Temos ternura um com outro: uma sopinha ou um leitinho curam mais do que qualquer antídoto de raízes que há em quantidade aqui nas catacumbas – observou Lídia da Purificação.
— Ai de ti, Perdigoto, se não cuidas dos teus irmãos! Eu ralho contigo! Olha que te pego, como fazia quando eras pequeno!" – rematou a Coruja. Não foi embora, sem antes extrair os detalhes físicos de todos aqueles com quem ela não convivera e daqueles que ela se esquecera por uma questão de memória ou negligência. Tudo feito, despediu-se à francesa, pois não pretendia declinar nem os embaraçar perante os eventuais apelos para que permanecesse por mais tempo. A agenda era apertadíssima, naquele dia.

A caminho do Carnaval, ela não pôde deixar de lembrar-se das feições, gestos, mímicas, tiques de cada um dos membros da família do marido. O Pardal com os seus passos saltitantes deu-lhe certas saudades, e um sorriso gracioso tomou conta do seu rosto.

* * *

Velho Papagaio, presta-me atenção. Desde o início até aqui foste tu a falar. Afinal vim a descobrir que me tornei teu biógrafo. Escrevo num teclado antigo, com uma fita gasta, faço à mão supressões e acréscimos, colo e interpolo frases e ideias.

Antes de passar esta história a limpo permite-me que te conte a história da minha vida, velho Papagaio, e também, do que foi o acontecimento que preparamos com pompa e circunstância, em que foste indiscutível ausente: o Carnaval.

O dia de Carnaval começou com um sol luzidio e brilhante. Há uma situação que nos causou assombro e uma sensação algo misteriosa. Foi quando o Urubu desfilou com uma incrível leveza, até por fim ser denunciado. Começo por ordem cronológica ou de importância? A vida de um pobre coveiro interessou alguma vez a um aristocrata?

Pois bem, o Carnaval é, por excelência, a maior festa dos pobres. Aos ricos, diria às donas e senhores, assiste-lhes aqui o fascínio de se fazerem ao léu, vestirem a pele da pobreza, lado a lado dos seus amos nus, só de virilhas cobertas, com tangas que resguardam as partes vergonhosas. Não é com esta festa que os ricos se abstraem dos cálculos, pois pensam no tratamento que darão a voluptuosidade dos seus escravos e servas, enquanto os ovacionam, os admiram pela elasticidade rítmica com que eles se entregam nesta festa popular, em movimentos acrobáticos de tocar os céus, os contemplam atrás do disfarce que usam, com que entram na vida dos escravos, misturando-se com a arraia-miúda, sem a repreenda da classe burguesíssima que detesta o cheiro à catinga dos pobres, a roupa dos pobres, o mau gosto dos pobres, esses alados animais de puxar o arado, de levarem às costas grandes cestos de palha usados na colheita do chá, esses coches e carruagens de senhores, donas, filhos e descendentes.

A grande alegria dos ricos está ali nesta hipocrisia, pois eles cá se fizeram e na vila, nas cinco ruas que lá existem, estiveram a divertir-se com os escravos, a ovacionarem as danças dos grupos foliões, a quem eles escarram o ano todo, e só por umas horas, integrados na procissão, aprenderam a alardear e a sorrir como sorri gente com fome, aprenderam a rir como ri gente sem roupa, com todos os dentes arregalados, ou sem os dentes postiços, sem os dentes de hiena. Com sinceridade do coração. Aprenderam a saltar, de golpe. Leves e como os pássaros. Sem as falsas aparências e o rococó com que os amos dos nossos parentes fingem ser benevolentes, enquanto não podem entrar numa palhota, para não ficarem horrorizados com as crianças ranhosas e com o pequeno espaço que, comportando uma divisão, consegue acolher mais gente que os sumptuosos palacetes da vila do Gurué, das fazendas dos arredores, entre outros.

Desta colina vemos a paisagem atapetada de culturas verdes claras e verdes escuras, uma pincelada trabalhada por mãos nobres e calosas, corpos rijos e vigorosos, corpos anímicos e débeis, beneficiários da miséria que lhes pagam e que antes do fim do mês sofrem a amputação dos seus ordenados a pretextos infundados, apenas como brutalidade do capitalismo primitivo.

Velho Papagaio, as mãos calosas e fortes dos folias são as mesmas que as dos escravos, os pés fortes dos escravos são os mesmos, descalços, com destratadas feridas, que rebentam aos golpes e ao som de batuques, ao ritmo do *niketche*, com que os senhores, as donas, os filhos e demais descendentes e parentes se deliram ao prazer de vê-los, ritmados.

Velho Papagaio, o Carnaval, mesmo assim, é a festa que mostra que afinal, as donas e os senhores, os filhos e parentes, que em matéria só produzem orientações aos pobres, aos funcionários, a dançar transpiram e suam tão bem e tão iguais como as suas bestas de carga. E se o transpirar não é diferente, então já devia ser tempo de os amos ralarem como ralam os escravos e os paus-mandados, de modo a compreenderem por que usamos trapos e cheiramos essa pasta gordurosa e sebenta de suor de pobres.

Velho Papagaio, o Carnaval é uma festa que humaniza os poderosos, que por suas alturas, abrem alas para que os pés descalços possam circular à vontade pela vila dos ricos, sem aquele olhar severo dos polícias, que normalmente os olham com suspeita depois do toque de queda, que marca a hora de recolha obrigatória para as *tembas*[10], e os mandam para os calabouços.

Meu velho Papagaio, não falarei aqui da tua honestidade admirável. Ainda tenho por te contar a triste história do Urubu, o alegre pássaro mais velho da tua casta, que passou do tamanho de um copo, para levar uma vida na vizinhança do mundo dos viventes e do mundo dos mortos. Mal termine esta história do Carnaval e da deserdada vida do povo, entre o qual me conto, voltar-me-ei ao Urubu. Guarda um fôlego, meu velho e senhor. Nada mais sutil essa fórmula: o Carnaval é a invenção mais engenhosa dos pobres, que sujeitam os ricos a manifestarem contra as misérias com que subjugam a maioria, a subverterem aquilo que eles dizem indecente e amoral. Eu sou fruto da miséria do chá, da copra[11], do tabaco. Sou fruto de um fazendeiro que engravidou a sua escrava. Os pobres maltratam as suas pobres mulheres, mas os ricos são quem mais as ostracizam porque aproveitam da sua boa-fé e ingenuidade. No dia do Carnaval, enquanto a orquestra toca, multiplicam-se as gravidezes, a sífilis, a blenorragia e a gonorreia. Novas doenças transmissíveis virão, pois felizmente em matéria de doenças deste espécime, os patrões e os empregados, as senhoras e os senhores, as damas e as donas, são naturalmente iguais por causa da promiscuidade, embora os endinheirados elevem mais alto o dedo índice para chamar os pobres de vulneráveis. Desculpa, pois, por me alongar em tanta coisa descartável. Mas como sou teu fiel e infeliz biógrafo, não poderia deixar de narrar com lealdade os acontecimentos que estiveram em cadeia durante as quarenta e oito horas em que durou o Carnaval, com aspetos da sua colateralidade. O Carnaval chega e encontra o cheiro fétido, pestilento e nojento.

---

[10] **temba**: povoado; subúrbio.
[11] **copra**: polpa da semente do coco, da qual se faz óleo para cozinhar; óleo de coco; óleo de copra.

O Carnaval passa e deixa o mesmo intrépido cheiro, tanta coreografia debaixo das luzes de cores mais numinosas que existem, os vestuários de tecido de chita que usam essas mulheres seminuas, famosas pela doçura e pela beleza, nem que sejam descalças e com pulseiras de prata nos pulsos e argolas nos tornozelos. O sarcasmo dos poderosos aos seus camareiros deixa a nu a pornografia dos seus atos maliciosos. A realidade é imanente.

Entretanto, no auge do Carnaval apareceu um Urubu, ante o espanto da multidão que o cercava, em jeito de espanto e admiração por tão insólito fato. Trajava um daqueles fatos de gala expostos no museu. Uma casaca de tecido de lã bordado com cordão e canutilho de metal dourado. A acompanhar a veste um calção e colete. Fascínios do sótão da sua antiga casa.

– Está aí o homem – disse a coruja Pintassilgo.

– Qual homem? – perguntei-a.

– Tu não sabes? – Pintassilgo olhou-me com um espanto tal como quem pretendesse perfurar-me o corpo com os olhos.

– A vila toda e a rádio falou deste emascarado, esta escumalha do Carnaval de dois anos anteriores a este – confirmou a Dezoitentina Maria Branca.

– Eu só me recordo de um acontecimento que envolva este pássaro, a quem ontem consagraram Rei Momo – atalhei eu.

– Pois, a rainha do anterior Carnaval fui eu.

– Onde estavas no dia do Carnaval anterior?

– Por Milange. Nasci acidentalmente em Milange, mas criei-me aqui. E tu? – eu respondi atabalhoadamente, embora não acreditasse nas minhas palavras e na questão cronológica do tempo, fraquezas e pecados meus.

– Eu sou de Chupanga.

– Chupanga!!! – quase berrei. – Lá naquele povoado às margens do rio Zambeze, onde está enterrada a mulher daquele missionário a quem, depois de morrer na Rodésia do Sul, os amigos abriram o peito à faca e sacaram o coração e o levaram congelado para a Europa, para colocarem num museu, em homenagem por tudo quanto fez pela descoberta de África?

— *Talvezmente* — disse ela com escárnio na voz.

— E o homem a quem tu me alertaste para prestar atenção não é homem, é pássaro.

— Eu sei que é homem, porque é pai do meu filho.

— Ah! Daquela história muito confusa que me meteu a mim, ao Padre Damázio, ao Papagaio e ao adivinho, afinal esse é que é o protagonista?

— Talvez seja um entre centenas de parentes do Papagaio, a viver aqui no cemitério dos pássaros.

— A vida dá cada cambalhota! Nunca julguei que esse fosse o eterno retorno.

— Gente estúpida, eleger rei momo a essa criatura que mais do que ninguém praticou a nossos olhos todo o tipo de obscenidades e pecados: comeu todo o tipo de carne em orgias, em traições, bebeu como uma esponja.

Dom Antônio de Araújo Lacerda Simplíssimo olhou para Dezoitentina com olhos maliciosos e escarrou desavergonhadamente para o chão. Tanto se via que o cuspo era para ela. A mulher fez algum esforço para se conter, mas desequilibrou-se e desatou a vomitar, a vomitar restos de ferro que comera fazia um ano. Vomitou toda a raiva acumulada, de seus amores não correspondidos. Levou mais de um dia assim, na posição de gatas, e no fim as tripas lhe saíram pela boca fora. Quando morreu, espumava pela boca, e por incrível que pareça, ainda berrava, a chamar nomes feitos e pecaminosos a todos os seus amantes, com a boca enterrada naquela massa de vômito espesso, que talvez viesse a sufocá-la.

* * *

Dom Antônio Simplíssimo reaparecera, tinham já passado dois anos. A memória deste acontecimento era escassa. A Rádio da Vila do Gurué voltou a recordar do sentimento de agitação que se apossou dos cidadãos, na sequência do acontecimento inédito, a cerca de dois séculos da sua morte. A recordação era vaga. Diziam que o tinham enterrado no cemitério do Gurué. O reaparecido Dom Simplíssimo tinha sido entrevistado pelo "A Voz da Zambézia", no decurso do Carnaval, de que decidira tomar parte, mesmo sem antes de se dignar a procurar pela residência dos seus parentes.

– Será que é uma fábula? – o repórter da Rádio Gurué perguntava. Mas o jornal reunia detalhes suficientemente esclarecedores do assunto. Os pormenores:

Naquela noite de cores garridas, logo que as pessoas deram pelo regresso do Dom Simplíssimo, cumprimentaram-no acaloradamente, com toda a cortesia. Desde logo ele tentou fingir, como quem não tivesse laço de parentesco com nenhum dos habitantes daquela terra, cujas aparências eram iniludíveis. Magrinho que tinha sido uma das testemunhas daquela aparição reconheceu imediatamente o ressurgido. Estava com o João das Neves, a quem chamou a atenção para aquela realidade abissal.

– Este é o bisavô do cidadão Dazanana? Como pode atrever-se a reaparecer depois de mais de um século de morte certa? – o jornalista do "A Voz da Zambézia" interrogou ao Magrinho. Este respondeu:

– A única sombra que pode haver é a dúvida. Eu não a tenho.

– Qual é a prova dos noves? – insistiu o jornal.

– Antes da sua morte, ele sofreu um acidente que o deixou com uma cicatriz na testa. Aliás, também partiu a perna nesse mesmo acidente; na altura andava no encalço da Dona Glória, que se escorregara em mais uma das cascas das suas aventuras amorosas, e com o coche que conduzia, o chifrado, tão absorto no mar de problemas como nos desgostos que lhe atormentavam a vida, caiu numa ravina. A enfermidade da perna, por incrível que pareça, tornou-se genética, que se foi transmitindo pelos filhos, passando pelos netos e até aos bisnetos daquele patriarca – explicou o sempre solene Magrinho, que elucidou, para não deixar dúvidas: – É comum as pessoas transformarem-se em animais, depois da morte. O candidato a morte tem o livre arbítrio de fazer uma prévia escolha ao tipo de animal em que pretende se transformar. Há casos que a memória coletiva registrou. Uma mulher deu à luz a um peixe-gato. Se perguntar os gentios, todos irão falar do Luis Dambuenda, que se metamorfoseou em hipopótamo, depois de morrer. Ainda hoje brinca com crianças, bebe até se embriagar, passeia-se pela povoação de Dambuenda. Nunca faz mal aos seus súditos. O régulo Chitengo, o temível guerreiro, transformou-se em Leão branco, depois da sua morte. O que é irrebatível, de vez enquanto reaparece como uma termiteira, uma perdiz.

* * *

Mais tarde, outra hipótese haveria de vir ao de cima. Dazanana, o único dos seus parentes sobrevivos, iria confirmar da consanguinidade que a ambos ligava.

– Sim, está-se perante mais um caso normal dos Simplíssimos.
– Quando e como é que o seu bisavô desapareceu? Podem explicar melhor? – Dazanana haveria de se sujeitar a estas questões, numa audiência de julgamento, aprazada para um futuro próximo. Explicaria ainda que o velho avarento também viveu na Vila do Gurué, até 1890, com Dona Glória da Conceição, sua esposa em primeiras núpcias.

Depois de uma bebedeira, conta "A Voz da Zambézia", Totonho pensou chegar aos céus. Como não tivesse asas, subiu a montanha a cambalear, sob o efeito de álcool. O que os espíritos não desdenharam, nem o perdoaram. Ao contemplar o vazio, lá de cima, com a cabeça à roda, achou que deveria regressar a casa por corta-mato. Na tentativa de descer, tomou-se por uma vertigem, embateu numa penha e caiu. Consequentemente, fraturou a perna esquerda, tendo sido imediatamente evacuado para a palhota do Magrinho, na altura habitada por parentes deste, pois o feiticeiro ainda não era vivo nem nascido. Naquela palhota de muitas gerações de feiticeiros hibernou-se. Embora se especule sobre a sua morte, nunca chegaram a enterrá-lo. Tornou-se alma viajante.

O que é de senso comum na Vila do Gurué, até aqui ninguém testemunhou quer entre os vivos como entre os mortos, de algo parecido com o funeral do Dom Antônio de Araújo Lacerda Simplíssimo. Tudo o que se adiantava à volta dele não passava de especulação, pois para o estatuto que o reaparecido ostentava, seria estranho que ninguém tivesse dado pela sua morte e funeral. Ademais, na Vila de Gurué, pela morte de uma ínfima mosca, a vida parava. E assim continua. Pelo que não seria normal que ninguém tivesse memória de uma triste ocorrência que os obrigasse a encerrar tascas e barracas, tendas, comércio e indústria, cabarés e ofícios de pequena monta, para atender a um rito fúnebre de um desafortunado negociante de sucesso. Fazendo um rastreio por vários anos anteriores, entre gerações de carpideiras, nenhuma destas testemunhara ter ouvido dos seus entes queridos algo que tivesse a ver com o velório e o enterro do Dom Antônio de Araújo Lacerda Simplíssimo. Igualmente, a morgue do hospital local nunca registrara nenhuma ocorrência que dissesse respeito à certidão de óbito do reaparecido. O que muitas carpideiras garantem é terem recebido testemunhos de entes queridos delas, que dão conta da participação dos seus antepassados no funeral da Dona Glória da Conceição. Quanto a esta, o feiticeiro assegurava que, sem sombra de dúvidas, foi a enterrar numas exéquias em que os seus ancestrais tomaram parte. Puseram-na num caixão, que mandaram fazer na Índia. Levou quase um mês a chegar. O velório mais longo e memorável, em se tratando de uma aristocrática, com comida à fartura e bebida a rodos. Como requereu na sua última disposição. Ainda assim o corpo da finada, que aguardava em casa, estava livre de qualquer cheiro. Parecia viva, com aquele aspecto intocado, ares de quem gozava, quieta, com o infortúnio dos vivos. Quando encerraram a tumba, ela bateu-a insistentemente por dentro, com as biqueiras dos botins com que a calçaram, antes do enterro. Ninguém lhe ligou patavina. Transportaram-na até àquela tumba do Cemitério do Gurué, que fora palco de escandalosas intimidades do Urubu com a Maria Branca, naquela escaldante noite de Carnaval, o que se depreende, tinha sido uma deliberada ação de provocação do chifrado, para irritar a Dona Glória, não fosse por hábito desta, de se ausentar do túmulo, levada pelas mãos das suas companhias masculinas.

A tradição guarda explicação para tudo, naquelas terras montanhosas. O que pode ter propiciado o reaparecimento do Dom Antônio, depois de mais de um século de morte certa, segundo o feiticeiro Magrinho, terá sido o fato de os vivos se terem furtado de celebrar o cerimonial Nyau-Gule-Wankulu, que deve ocorrer no ano segundo após a morte. O que não aconteceu em mais de um século, daí ser provável que o suposto falecido se tenha aproveitado desta brecha para cometer seus desacatos, liberalidades e barbaridades. E toda gente sabia que a história dos Simplíssimos era de uma família decadente. Tinham prosperado com os prazos e o tráfico de escravos. Depois do declínio deste comércio, ainda gozaram a fortuna. Muitos foram tomados por achaques estranhos, dizem, atazanados pelo diabo, fruto do mal praticado.

Depois de esbanjarem o que não lhes custou suor nenhum, dividiram-se pelo mundo. Seja onde estivessem, até aos bornais dos escrotos, os espíritos nunca deixaram de lhes acossar. Ninguém resistiu à desdita. Ao espólio recebido por Dazanana antecedeu a morte horrorosa do pai, Menezes Cão das Vilas Araújo e Silva Simplíssimo, um assimilado que detestava o alarde dos indígenas, a ponto de ter deixado claro no seu testamento, que se lhe fizesse uma cerimônia alegre, sem choros, sem vestidos e trajes pretos. E para o assombro das carpideiras, uma condição suspensiva que colocava o herdeiro sob a ameaça de ser deserdado.

18

Em plena noite de Carnaval e de euforia dos foliões e emascarados, eis que de repente dois polícias grandes e fortes irrompem pelo salão adentro do Clube do Gurué e aprisionam o Urubu, mesmo a escassos minutos de ser coroado Rei Momo, o que empertiga os bêbados e a multidão acumulada nas ruas. Alguém apresentara uma queixa em que o imputara de violação de menor, fazia para aí dois anos. Ele sorriu com escárnio e explicou-lhes que nunca conhecera a patranha que o difamava. O seu orgulho estava em causa. Pediu para que o deixassem ir, mas em vez disso aconselharam-lhe a arranjar um advogado. Ele afirmou que se podia defender em causa própria, porque não era criminoso, mas disseram-lhe que assim eram as regras processuais. Ele não moveu nenhuma palha. No dia em que o levaram ao juiz de instrução, soube que lhe nomearam um defensor oficioso, Felizardo Barrigas das Sardinhas. Para o Urubu tudo lhe dava igual. Interrogassem ou não, estava determinado a não abrir a boca. "Aquele que acusa deve apresentar o ónus", pensou. Ele acreditou que o queixoso ou a queixosa haveria de desistir do processo, por "erro de identidade".

Puseram-no numa cela, em regime de isolamento vigiado, para não perturbar o curso das investigações e o segredo da justiça. A cela era de cinquenta por cinquenta centímetros, a altura era de um metro e cinquenta, pelo que tinha que dobrar um pouco a coluna para melhor se comportar. Defecava e urinava através de um pequeno orifício aberto no chão. Seria uma questão de dias e acostumar-se-ia.

Em menos de vinte e quatro horas, tiraram-no da cela para que ele esclarecesse a sua posição ao defensor oficioso, narrando as circunstâncias, situações passadas ou suspeitas, em caso de provas arrolar, para que aquele o defendesse. Ele não reagiu. O processo seguiu os seus trâmites normais. No dia da audiência preliminar, a queixosa Dezoitentina Maria Branca, descreveu o traje que o ofensor apresentava, coincidindo com o que envergava aquando da detenção. O que confirmou que aquele era inegavelmente o autor da violação consentida, e que a prova do crime que se lhe imputava era a criança recém-nascida. Apresentou algumas testemunhas, que se limitaram a reproduzir o que correra pela vila, o que ouviram dizer no rádio, que um galã muito fino, com traços e feições semelhantes ao Dazanana mantivera relações íntimas com a miúda, que acabava de arrebatar o troféu de rainha do Carnaval. O juiz Pancrácio Pinto da Sorte, de face lustrosa e calvo, mandou o escrivão Dulcínio Fermento, de um rosto triangular mas gracioso, chamar o Dazanana, que estivera a aguardar numa sala distante daquela onde decorria o julgamento. Olhou-o de baixo a cima, conferiu o emascarado, antes de dizer:

– Meritíssimo, este senhor, é sim, o meu parente, o Dom Antônio de Araújo Lacerda Simplíssimo.

Perguntaram-lhe que provas poderia fornecer, ao que, curto, direto e certeiro apontou:

– A roupa que tem no corpo. Já há muito tempo andava a embirrar comigo, por causa da roupa que neste momento enverga. Pensei que era só uma vingança, mas só depois percebi que o procedimento do réu trazia consigo certa reincidência, que vinha desde muitos anos, e sempre nas festas do Carnaval.

Os presentes suspiraram. O réu não moveu nem um milímetro, mantendo-se firme a olhar para o juiz. O juiz mandou o escrivão chamar a Coruja Pintassilgo. Esta subscreveu todas as declarações do marido. Acresce que ela forneceu todas as fotografias nas quais o réu demonstrava o rosto que não escondia aquele seu feitio malicioso e vaidoso. De seguida entrou Dona Glória, a Águia, trajada a todo rigor, com um monte de tralha no corpo: bolsa, luvas, sombrinha, leque, chapéu, botim, colares de ouro por todo o corpo, ademais um vestido de tecido de cambraia de algodão muito antigo que a deixava com um perfil em "S". A sala de audiência de repente tornou-se uma passarela. Toda a gente a olhou com atenção e preparou os ouvidos para ouvir o que a importante senhora tinha para falar. Foi breve, não disse muitas palavras:

– O meu marido é, Meritíssimo, o desavergonhado morto-vivo que aí está no banco dos réus.

O juiz perguntou a Águia se não eram as suas infidelidades a causa do estupro, ao que ela respondeu:

– Perante esta miséria e até prova em contrário ninguém me pode acusar de nenhuma deformidade.

Coube o Magrinho declarar. Este foi parco em palavras:

– O que aconteceu aqui é como a fome, que nos deixa a todos desesperados a ponto de comermos ferrugem – o juiz pediu que se explicasse da melhor forma, ao que o declarante resumiu numa palavra: – Isso aqui chama-se indigência.

Já todos os declarantes tinham sido ouvidos. O juiz, que ostentava um ar sábio, deu a palavra ao representante do Ministério Público, Pedro Redondo, que declarou:

– Este cidadão tem que ser exemplarmente punido!

Instado a pronunciar-se, o juiz eleito, Constantino Constante, frisou que nada tinha a acrescentar, para além de que subscrevia tudo quanto tinha sido dito pelo representante do Estado. Seguiu-se a fase da acareação entre as partes. A queixosa manteve as declarações:

– Não tiro nem uma palavra, nem vírgula e muito menos um ponto do que aqui afirmei.

O réu olhou a queixosa como quem nunca a tinha visto e manteve a mesma indiferença, como se ela fosse esterco de boi. O juiz retomou a palavra e perguntou ao Barrigas das Sardinhas, defensor oficioso do réu, se tinha alguma pergunta a fazer. Este inqueriu ao juiz se tinha feito provas periciais, para provar se o filho daquela relação na verdade era da paternidade do arguido, ao que aquele esclareceu que já constava dos autos e que o advogado melhor deveria ter consultado previamente as peças do processo. O defensor oficioso do réu agradeceu ao juiz, visto que não tinha nada mais a perguntar. Colocou a mesma questão ao advogado da queixosa, ao que este limitou-se a recordar de um velho rifão: "Quem cala consente!" Na parte reservada às alegações finais, o defensor oficioso do réu lançou-se numa contraofensiva:

– Por que prender um Urubu? O réu, vítima de necrofilia, é inimputável e goza de presunção de inocência.

O advogado rival, nada mais afirmou senão que:

– Pelo historial que conhecemos, este homem merece o pelourinho, onde antigamente se dava chibatadas aos criminosos, mesmo que se tratassem dos nobres, dos bispos, dos governadores. Já que nesta República Popular está em vigor a lei da chicotada. Meritíssimo, mande chicotear este homem para vermos se não se desmascara.

Não havendo mais nada a perguntar, o juiz conferiu as atas e as declarações de todas as partes.

– A verdade é como a cebola que esconde a realidade por entre as suas capas mais secretas. E para achá-la, é preciso depelá-la até a última capa; se preciso for, mostrar as partes mais vergonhosas do corpo – comentou o juiz, após o que tomou o martelo e bateu-o contra a mesa. – Escrivão recolher o réu! Está encerrada a audiência. Leitura da sentença daqui a oito dias!

Levaram o Urubu ao antigo pelourinho do Gurué, na praça municipal, próximo à casa do administrador e do edil. Puseram-no de gatas, com as asas atadas às costas. A sentença determinava que deveria receber quatrocentas chicotadas – a mesma quantidade de vezes que naquela noite ele jurara amar a rapariga, cumprir oito anos de prisão e ressarcir à ofendida no valor de trezentos mil meticais, além de garantir a pensão de alimentos ao menor. À primeira lategada o Urubu peidou alto e a bom som, a ver se desencorajava o seu carrasco, mas este ainda assim prosseguiu com a punição.

Só quem aproveita o Carnaval é que tira a máscara. Ao fim de quatrocentas chicotadas, o Urubu olhou ao redor e viu as penas que o emascaravam espalhadas pelo chão. Tremia como se o tivessem molhado. O rosto do bicho cedera ao que em realidade era a sua capa de ser humano.

Iniciava-se a terceira vida do indômito e mimado morto Dom Antônio de Araújo Lacerda Simplíssimo.

Um dia, depois de ir à casa e de espiar a cama de casal vazia, debruçou-se na janela da cela. Teve uma daquelas visões habituais e estranhas. Espiou a mulher de saias curtas, coxas à mostra. Unhas pintadas. Lábios rosáceos. Cabelos acabados de tratar. *Mataco para cima, mataco para baixo.* Não levava a aliança. Instada a responder, ela lhe deve ter dito que estava na flor da idade e peras, para andar com jovens. Um acesso de ciúmes apossou-se dele. Berrou como nenhum ser humano consegue berrar, chamando pelo guarda. Decidido a pôr fim àquela relação tumultuosa. Empanicado, o guarda correu para acudi-lo, de pistola em punho. Ele arrancou-a e, com a mão canhota, disparou quatro tiros contra o alvo que ele sempre quis atingir. No chão, primeiro apareceu o sangue, depois o corpo da Águia.

– Matei-a, senhor guarda! Essa libidinosa fazia-me pirraças com os outros e nunca me visitou! Posso cumprir a pena que o juiz ditar.

Era a voz do assassino confesso, que assim punha termo à vida de quem viveu ao todo duzentos e cinquenta e seis anos.

19

Depois que o Papagaio morreu, mesmo a seguir à esposa, como ele sempre desejara, eu, o coveiro, enterrei-o no lugar que há muito ele elegera, diante da Coruja, num recanto que lhe dava jeito para continuar a gozar da espetacular vista que a colina oferecia, com a estonteante imponência, muito ao lado, do abismo verde, da montanha do Gurué. Fiquei a cuidar do cemitério dos pássaros. Os invernos eram monótonos, e eu nada mais fazia que não fosse pegar em cal e caiar as campas, as casas e o museu, de modo que tudo ficasse pronto quando para aí em agosto, início da primavera, os ruidosos turistas chegassem e se alucinassem com tudo aquilo que o meu amo preparara e me legara no concernente à minha qualidade de fiel depositário.

Era durante os monótonos invernos que toda a carga de recordações e responsabilidades vinham em meu subconsciente. Tinha que cuidar do jardim, aros das janelas e portas estragados pelo tempo e a humidade do cacimbo. Tinha que fazer aquilo tudo sozinho, limpar o cemitério dos pássaros à vassoura, ancinho, gancho, apanhar as ervas daninhas, aparar a relva, podar os arbustos, regar e tratar dos resíduos sólidos para não polir o ambiente. Desfrutava da companhia dos pássaros, mas a maior parte do tempo estava só. As noites eram horríveis naquela solidão e sentia que me faltava uma mulher. Isto fazia-me muitas vezes recordar dos últimos anos quando o patrão ficou só. Comecei a fumar como ele, para ter a companhia, ao menos, dos cigarros. Comecei a beber excessivamente como o patrão, para não sentir a amargura da solidão. Construí um audacioso e minucioso relato do dia a dia dos visitantes e turistas, cumprindo uma antiga promessa que fiz ao patrão. Eu lia as anotações e impressões dos turistas e fazia do que escrevia e lia minha companhia. Algumas situações eram confrangedoras, e senão, mesmo embaraçosas. Como a das emoções que se apoderavam dos turistas que depositavam coroas de flores sobre as esculturas de todo o tipo de aves que o cemitério dos pássaros comporta. Alguns não se continham a chorar tão copiosamente diante daquelas pedras, que diziam ser-lhes muito familiares, tão reais e tão assombrosamente ressuscitadas. Por isso, compreendi o significado da solidão, o vazio que reina numa eterna ausência e como coisas esculturais preenchiam a carência, recuperavam laços. Em situações como estas adotei virar o rosto, para não ver alguns visitantes, de rostos corados e combalidos, a fazerem carícias às pedras e a não se conterem, depois de darem com os meus olhos espetados a observá-los, furtivamente.

O patrão mudara-se para o cemitério dos pássaros, porque a vida sem a família que ele conseguiu juntar aqui, parecia não significar nada. Mas aqui, depois que a Maria de Lourdes Pintassilgo morreu, o vi desfalecer, resignar-se a tudo, mesmo perante os familiares, com que mal se dava, depois que ele e a esposa, no mais badalado julgamento de todos os tempos, testemunharam contra o seu próprio bisavô, o Dom Antônio de Araújo Lacerda Simplíssimo.

O patrão começou a ser escorraçado, por aqueles que ele acolhera, do lugar que ele próprio ergueu para honrar a família. Nos últimos dias, o patrão tossia, tossia e negligenciava. A cada dia que passava os cabelos cobriam-se de uma mancha branca, o corpo dobrava-se como se tivesse partido ao meio. O amigo João das Neves, o encontrou nesse estado, com aquela tosse cavernosa, que bem parecia perturbar o sagrado sono dos defuntos. Os pulmões pareciam furados, mas ele teimava em fumar. Parecia que o fumo lhe saía pelos poros, pois ao tempo em que resistiu àquela tosse seca, já nem escarrava, pois era a escarra a escarrar por ele. As noites eram cada vez mais temerosas para ele, particularmente, quando dele me despedia para casa, ou quando, por outros assuntos, tinha eu que viajar a Quelimane. Algumas ferramentas modernas não existiam em Gurué. A Quelimane tinha que me deslocar para tratar do aprovisionamento dos materiais, para a conservação da coleção dos históricos quadros da família, óleos para manter a resistência e o brilho das estátuas dos mais ilustres membros do clã Simplíssimo. O patrão morreu levando uma dor incontornável no coração, por causa dos seus ciúmes doentios, que obrigavam o Magrinho a afastar-se dele. Nunca tentou compreender o lado benevolente deste homem, a quem ele caçava com uma caçadeira, para o matar na eventualidade de se aproximar da esposa. Lembro-me agora do casal sentado à entrada da cabana, a olhar o céu, numa noite em que a lua cheia parecia fazer amor com as incontáveis estrelas. O patrão e a esposa tiveram uma discussão tremenda. O homem perguntou a mulher sobre o que andava a contemplavar, e com um assomo de felicidade ela respondeu-lhe:

– As estrelas, marido.

Coube a ela lhe perguntar, ao que ele respondeu:

– A lua, mulher – ele ainda volveu: – Quantas estrelas já viste, mulher?

– Quinhentas e cinquenta e cinco – foi sua réplica.

Ao patrão soou um golpe, uma confissão tácita e espontânea sobre o número de homens que ela tivera antes dele. O que não passaria de um insulto para ele e os mais conservadores daquela aristocrática família. Numa reação de ajustes de contas, o patrão cortou-lhe com uma vibrante bofetada:

– Não é de uma mulher decente contar estrelas. Depois que fores dormir, acordarás com o vaso molhado, possuída por estranhos.

Ao longo daquele convívio estreito, descobri que o patrão amava verdadeiramente a esposa. Pelos tempos em que a inescrutável

morte avançava progressivamente na direção dela, o patrão dava-
-lhe banho num bacio, punha-lhe a secar o corpo com uma toalha,
após o que se sentava no banco, tendo a mulher ao colo. Simulando
tocar uma flauta com os dedos, com o silvar de um pássaro, ele con-
tava uma música que a fazia sorrir, e foi assim que num dia destes
ela morreu: a sorrir por trás do batom vermelho que usava, muito
enfermiça, por uma febre palúdica, que nunca curava e, enquanto
viva, punha-a a delirar, a insultar o Dom Antônio de Araújo Lacerda
Simplíssimo como quem lhe golpeasse a força de ofensivos e vipe-
rinos verbos, que certamente deixava todos os mortos da família
magoados: "Essas botas vens calçando-as desde que foste enterrado; cheiram a chulé de morto!"

O Papagaio, que comigo sempre berrou, nunca se mostrou
capaz de repreendê-la. Era mesmo do amor. E foi por isso que os
últimos dias dele foram duros, a tentar resistir contra a morte,
até que se resignou, abriu mão da vida e confessou-me:

– Estou pronto para ir.

– Para onde? – perguntei-lhe eu.

– Para onde está a minha mulher. Sei que me espera – afirmou
com secura na voz, a olhar para a direção do túmulo onde nós os
dois a tínhamos sepultado, com a bênção do Padre Damázio.

– Mas eu também preciso de ti, aqui! Foi este trabalho que
me deu vida e paradeiro – disse-lhe eu.

– Não tenho mais nada para fazer aqui – retrucou ele, para
depois rematar: – O gosto da morte, descobri eu, está nos lábios
dela a beijar-me.

Pensei que ele devia ter saudades dos suspiros de cólera que
ela emitia. Pensei que fosse das febres terçãs que o faziam delirar.
Nessa noite fiz-lhe companhia naquela cabana austera, parca em
imóveis, onde morava. Já não fumava, pois quando experimentas-
se vomitava logo o fumo. Durante grande parte da noite, deitado

na cama, junto a uma lamparina acesa, esteve a falar com a Maria da Lourdes Pintassilgo. Nem sei se ela lhe respondia, mas o calor da transcendental conversa aparentava uma correspondência biunívoca. Em resumo: tudo quanto tinham falado é que estavam dispostos a reverem-se mutuamente. Namorar eternamente, sem aborrecimentos que a dura vida lhes impusera. De vez enquanto o patrão, aquele Papagaio tagarela, sorria. Creio que era com ela que sorria, com os olhos perdidos algures. Dei-lhe nova dose de tranquilizantes, voltei a arrefecê-lo com toalhas molhadas e a trocar os lençóis. As febres não baixaram, pois eram intermitentes.

Ele já não parecia estar comigo, nem dava mostras de pertencer ao mundo dos vivos. O corpo dele fundia-se, numa reminiscência idêntica a de um pássaro. Um bicho. O que me comovia bastante. Dobrava a esquina. Chovia muito quando ele morreu. Creio de uma embolia pulmonar. Inesquecivelmente, naquele instante, um terramoto semeava desgraças no Nepal.

No dia seguinte, usei o meu fato preto de trabalho e luvas. Dei banho e perfumei o morto. Estava ornado como para um casamento. Arrumei-o no caixão. Com uma improvisada escada de estacas subiu-o e pousei-o no lugar da sua morada eterna, ao lado da esposa. O caixão pesava mais que o corpo dele. Bíblia em riste e de batina o padre Damázio chegou, todo solene. Interpretou esta partida. Mal terminou a oração, a trilha rebentou com as aves em torno do falecido. Bolotas e brincos-de-princesa desabrochavam. Não discursei para não perturbar o namoro dos dois, que deviam estar já apertadinhos e de mãos enlaçadas, ela talvez a falar em surdina: "Marido, deves ter friozinho. Faço já um chazinho para ti".

Nos dias que se seguiram, decidi iniciar uma vida normal. Procurei por Dezoitentina Maria Branca e confessei-lhe o meu puro amor. Disse-lhe mesmo que aí estava para buscá-la e compartirmos o mesmo teto, vivermos juntos como família numa das casas da Vila Paraíso. Pelo menos na companhia dela acertava em dois coelhos numa só cajadada. Haveríamos de gerir juntos o complexo, e eu não teria que ralhar com ninguém. Quando ficássemos velhos, o Zé Canhoto, filho dela, agora nosso, haveria de continuar com a empreitada.

Ela assentiu meneando afirmativamente com a cabeça. A felicidade não podia ser mais do que o brilho estelar que estava em nossos olhares.

Enterrei agora mesmo a profissão que abracei, faz alguns anos, para dedicar-me exclusivamente ao ofício de guia deste cemitério dos pássaros, embora, só de vez enquanto, a vá intercalando com a de cavaqueador, pois o irreverente morto papagueador legou-me esse mau vício. Agora vagueia. Voltou a ser feliz e tem um desmedido humor. Dá-me graça de o ouvir, naquele tom desconfiado e irritado, como que para me sacudir da modorra que me mantém absorto no silêncio: "Você não escreve, miúdo?"

Postulo-me de bruços sobre a mesa. E continuo a escrever.

* * *

Lembrei-me agora de mais um episódio, que só não o colei antes, por lealdade à cronologia do patrão. Eu, defunto biógrafo, lavo a mão de quaisquer responsabilidades. O imprescindível é transcrever aqui o que foi dito por um fantasma, a plenos pulmões. A boca cheia de larvas. Os mortos têm direito ao contraditório. Acredita-se ou não, o leitor é livre.

No dia a seguir ao Carnaval, eu estava a desfrutar da companhia das árvores, dos pássaros e do verde arrebatador. Enquanto escrevia ao velho Papagaio, a Coruja chegou ao pé de mim e pediu que lhe deixasse ver as páginas que eu andara a gatafunhar. Já eu andava a precisar que o Papagaio desse uma vista de olhos.

Enfim, que as revisse. A Coruja leu todo o manuscrito, após o que me disse que estivera com a Dona Ana, a Colibri, a poucos minutos da realização daquela grande festa. Contou-me que conferenciou com ela. Daí aclarou alguns pontos. Que Dona Ana perdeu descendência muito cedo. Estando a viver com o marido, um tal de Coutinho, pediu a um dos irmãos que lhe desse de emprestado um dos descendentes. Ao que o requerido, Bonifácio Gaveta Pombal e Pinto Simplíssimo, assentiu. O sorteado foi Menezes Cão das Vilas Araújo e Silva Simplíssimo, que passou à tutoria dela. Como mensageiro da casa grande, viveu com o casal, o resto do tempo em que eles foram vivos. Estava a par dos jogos amorosos da Dona Ana. Mais a servia como moço de recados. Certa manhã, ela decidiu cometer uma loucura.

– Marido, eu vou à Quelimane – Dona Ana despediu-se assim do Dom Coutinho.

– Estás maluca ou estás a sonhar?! Tu, mulher, ir sozinha à Quelimane?

– Já estou acordada: estou-me mas é a despedir de ti.

– Mas hoje não há barco nenhum que te leve até lá.

– Tenho urgência. Não vou esperar por um barco que chega de lugar nenhum; quando o vento quer; quando a maré diz que pode vir.

– Com esse mato todo e com o trilho alagado como vais saltar o capim e as árvores, para Quelimane?

– Eu vou fazer corta-mato: reabrir uma estrada é o mesmo que criar nova ferida onde antes havia cicatriz no chão.

– Já esqueceste que pelo caminho há só elefantes, búfalos, peçonhas e leões?

– Pois, quero lá eu saber da bicharada. Preciso tratar documentos importantíssimos e inadiáveis, para alargar o nosso império.

– Daqui de Mutarara até Quelimane são cerca de trezentos quilômetros. A pé é que não vais! De coche muito menos.

Não estou preparado para ser viúvo.
— Vou de bicicleta.
— Quando morreres, lá saberás que te adverti.
— Mesmo que eu morra, não me arrependerei de me ter decidido a viajar de bicicleta.

Contrariando o marido, determinada, Dona Ana partiu de bicicleta com o Menezes. Seguiram pelos carreiros estreitos. A ramagem das árvores cruzava-nos. Menezes era esperto. Mestre nas artes de domar os bichos ferozes. Aliás, tinha sido ele o instigador, quem lhe contara uma lenda da personagem David Livingstone. Rezava: andava este em missão exploratória pelo rio Zambeze, quando a certa altura avariou o barco a vapor que o servia. Ele ficou retido em Sena. Não confiava na eficácia das canoas. Decidiu atravessar a floresta a pé, a Quelimane, talvez impulsionado por umas intermitentes febres palúdicas, que o levara a chamar os crocodilos de golfinhos de água doce. Antes de partir Livingstone perguntou ao capitão-mor do Zambeze, Severino Coelho Furtado, que procedimento deveria tomar na selva, ao que este respondeu numa desconcertante reação:

— Não tenho a certeza de como é o caminho. O que é certo é o seguinte: Se te encontrares com negros, não os pergunte nada. Por temerem a morte, preferirão converter-se em teus carregadores. Se te encontrares com esses seres que estão a fazer revolução no Brasil, em prejuízo da coroa, digo, aos mestiços, não os confies jamais, poderão deixar-te à deriva. Se em última instância te deres simultaneamente com um goês e uma cobra, *kill-a-man* (mata o homem)!

Livingstone não chegou a aventurar. Quando as febres lhe chegaram a quarenta graus ele delirava. Repetia as últimas palavras do conselheiro, numa troça e alegria transbordante: "Quilimani! Quilimani". Na altura era Quelimane uma povoação sem nome certo, com muitos goeses, sobre os quais a turba dos gentios mais se alardeava e recordava, no sotaque do português e na corruptela das duas línguas: "Quilimani".

Dona Ana era tida como temível amazona. Estava disposta a fazer o percurso de bicicleta, de ida e volta. Desta feita, por detrás da sua coragem escondia-se o rosto dum curandeiro, mais a bússola dum radiozinho que o sobrinho segurava. O que Coutinho ignorava era que naquela selva densa, o radar da Dona Ana tinha era um amuleto dado pelo Nhondoro, o pai do Magrinho.

– Vai em paz, em segurança, Dona Ana – foram as palavras do Nhondoro, então o melhor médium da área, que lhe deu uma pequena bolsa de mandinga, escudo de autodefesa.

– E se encontrar com um dos animais ferozes?

– Ata o amuleto ao peito, como um colar. Se vires um animal feroz, é só pressionares os dedos por cima da superfície desta bolsa de mandinga. Vais ver que o mesmo pegará sono.

– E o que faço para não perder o caminho?

– Leva esse meu radiozinho. Dentro dele está a minha voz. Quando te sentires em apuros fala comigo através deste radiozinho, que eu te responderei.

– Se tu não trabalhas na rádio, Nhondoro, como poderei ter confiança nesta recomendação?

– Tenho uma forma só minha de infiltrar, fazer entrar a minha voz no radiozinho. Pode ficar descansada. Leva pilhas apenas, para não fraquejar.

– E se fracassar?

– E se fracassar, então eu não sou o pai do Magrinhozinho.

Dona Ana pedala. Litros de combustível do suor gastam-se. O corpo lustroso. A boca seca. Sem saliva. O acompanhante atrás dela, sentado na minibagageira, sob o guarda-lama. No coração guarda o segredo da magia e misteriosidade com que matara a rival, há oito mil quilômetros, com uma trovoada encomendada ao Nhandoro. O radiozinho ligado. Nhondoro a interferir na frequência da transmissão, por seus meios mágicos. Dona Ana sem acreditar. Surpreendida. Pelo caminho, alguns gentios, com os olhos abertos de espanto, lhes interpelam:

— Rapaz novo, como é que pode ir atrás e deixar uma mulher pedalar?

Trocam de funções. Agarrada à cintura do condutor, ela ocupa a confortável minibagageira. Menezes põem-se a pedalar. Mais adiante, outros gentios voltarão a interceptá-los:

— Senhora grande, como pode ir atrás e sujeitar uma criança a pedalar a bicicleta?

— Tia, a mesma conversa sem sal! Um dia, por estes palmares, bicicleta será táxi.

A situação deixa-os inibidos. De novo invertem as posições. Dona Ana agora pedala. É lusco-fusco. Dona Ana não vê a árvore frondosa que se interpõe no meio do carreiro. Dona Ana está absorta. Pensa. Na cabeça dela está o Coutinho. Ama o Coutinho. Ama-o muito. Mas Coutinho deixara uma erosão dentro de si. Porque Coutinho veio à África à procura de enricar. Casou-a. Não contou que tinha deixado mulher na metrópole. À portuguesa informaram-na que Coutinho Morreu. Coutinho tinha sido quem urdiu a sua morte. Matou-se com um boato. Até que viria a ser o próprio boato a ressuscitá-lo. Foi quando a portuguesa chegou da metrópole e o encontrou casado. Reivindicou-o e Coutinho foi julgado e enviado para o degredo, em São Tomé. Donde regressaria passados três anos. Dona Ana já andava em suas promiscuidades. Por desespero. Dona Ana via isso. Como um pesadelo, enquanto pedalava. Foi chocar contra a árvore, que o sobrinho atrás, mal a viu, estava a dois metros, e só teve tempo de se empoleirar para cima da mesma. A imagem do tronco nodoso da árvore que ela idealizou no subconsciente, não era árvore. Era um elefante. E mais por susto, de seguida, caiu. Perdeu os sentidos. Imediatamente os recuperou. Procurou por Menezes. Não o ouviu pelos lados. O rapaz estava empoleirado no elefante. Desabilitado. O rapaz a contemplar para a tia, que o chamava.

– Onde será que estás, sobrinho?
– Estou aqui.
– Estou a ver um embondeiro. É lá que tu estás?
– Tia, todo o elefante é um embondeiro à noite. Mas nunca confundir as duas coisas.
– Que fazes lá em cima?
– Estou a ver como a tia há de morrer, para que possa contar devidamente ao tio.
– Já que sofres da doença de previsão, conta-me lá como terá sido o episódio da minha morte?
– Eu vi a morte, ávida de carne humana, a caminhar em tua direção, no Entroncamento dos Espíritos. Encheu de ar o tórax e respirou a plenos pulmões. De imediato, chamei um elefante e voei para cima dele. Olhei para a morte com intensidade. Como se a quisesse perfurar com os olhos. Medrei a morte, e ela, sentindo-se neutralizada, a corar de vergonha, voltou-se de costas, fugiu com o rabo entre as pernas; enterrou-se na densa mata, sem cara nem leveza para emergir, sem coragem para voltar a enfrentar a quem quer que seja.

O autor

ADELINO TIMÓTEO nasceu em 3 de fevereiro de 1970, na Beira, em Moçambique.

É formado na área de docência em Língua Portuguesa, mas não exerceu a profissão. Ingressou no Jornalismo em 1994, no *Diário de Moçambique*, e, mais tarde, tornou-se correspondente do semanário *Savana*, da mesma cidade.

É licenciado em Direito e exerce a função de jornalista no semanário *Canal de Moçambique*, também da cidade da Beira.

Além disso, é artista plástico e já realizou várias exposições individuais de artes, em Moçambique e no estrangeiro.

Prêmios

1999 – Prémio anual do Sindicato Nacional do Jornalismo, pela melhor Crónica Jornalística.

2001 – Prémio Nacional Revelação de Poesia AEMO (Associação dos Escritores Moçambicanos).

2011 – Prémio BCI/AEMO 2011 pela obra *Dos frutos do amor e desamores até à partida*.

2013 – "Melhor Escritor da Cidade da Beira", Moçambique.

2015 – "Excelente e inquestionável qualidade de sua obra", distinção pelo Círculo de Escritores Moçambicanos na Diáspora (CEMD), Lisboa, Portugal.

Obras do autor

- *Os segredos da arte de amar.* Maputo: AEMO, 1999.
- *Viagem à Grécia através da Ilha de Moçambique.* Maputo: Ndjira, 2002.
- *A fronteira do sublime.* Maputo: AEMO, 2006.
- *Mulungu.* Lisboa: Texto, 2007.
- *A Virgem da Babilónia.* Lisboa: Texto, 2009.
- *Nação pária.* Maputo: Alcance, 2010.
- *Na aldeia dos crocodilos.* Maputo: Escola Portuguesa de Moçambique – Centro de Ensino e Língua Portuguesa; Barcelona: Fundació Privada Contes pel Món, 2011.
- *Dos frutos do amor e desamores até à partida.* Maputo: Alcance, 2011.
- *Não chora Carmen.* Maputo: Alcance, 2013.
- *Nós, os de Macurungo.* Maputo: Alcance, 2013.
- *Livro Mulher.* Maputo: Alcance, 2013.
- *Apocalipse dos predadores.* Lisboa: Chiado, 2014.
- *Corpo de Cleópatra.* Maputo: Alcance, 2016.
- *Os oito maridos de Dona Luíza Michaela da Cruz.* Maputo: Alcance, 2017.
- *Os últimos dias de Uria Simango.* Maputo, 2018.
- *Na aldeia dos crocodilos.* Contos de Moçambique, v. 7. São Paulo: Kapulana, 2018.
- *Volúpia da pedra.* Maputo, 2018.
- *Afonso Dhlakama – a longa luta em defesa da democracia.* Maputo, 2019.

fontes	Gandhi Serif (Librerias Gandhi)
	Montserrat (Julieta Ulanovsky)
papel	Pólen Soft 80 g/m²
impressão	BMF Gráfica
imagens capa	freepik.com